U0594144

石评梅经典作品集

石评梅 著

花山文艺出版社

河北·石家庄

图书在版编目（ＣＩＰ）数据

石评梅经典作品集 / 石评梅著. -- 石家庄 ：花山
文艺出版社，2018.4（2024.6 重印）
ISBN 978-7-5511-3889-5

Ⅰ．①石… Ⅱ．①石… Ⅲ．①中国文学－现代文学－
作品综合集 Ⅳ．①I216.2

中国版本图书馆CIP数据核字(2018)第048847号

书　　名：石评梅经典作品集
　　　　　SHI PINGMEI JINGDIAN ZUOPIN JI
著　　者：石评梅

策　　划：张采鑫
责任编辑：王　磊
特约编辑：李文生
装帧设计：北京九洲鼎图书有限公司
美术编辑：王爱芹
出版发行：花山文艺出版社（邮政编码：050061）
　　　　　（河北省石家庄市友谊北大街330号）
销售热线：0311-88643299/96/17
印　　刷：三河市中晟雅豪印务有限公司
经　　销：新华书店
开　　本：710mm×1000mm　1/16
印　　张：10
字　　数：110千字
版　　次：2018年6月第1版
　　　　　2024年6月第3次印刷
书　　号：ISBN 978-7-5511-3889-5
定　　价：49.80元

（版权所有　翻印必究·印装有误　负责调换）

她经历了从幻想到现实痛苦，从虚幻、失望、渴望到仇恨、反抗、破坏的连续悲剧起落的过程。她的散文就她自身的情感苦旅和这中间巨大的思考时空的真实记录。

——庐隐

序

中华人民共和国成立几十年来，语文教学实现了由"语文教学大纲"到"语文课程标准"再到"语文核心素养"的三级跳远。如果说"语文教学大纲"解决了森林的每棵树是什么的问题，那么，"语文课程标准"就解决了由树成林的整体观是什么样子的问题，而"语文核心素养"则解决了树如何成林、成林后有什么用处的大问题。

在"语文教学大纲"时代，传递一个一个的知识点是教学的重要任务，于是文章里的知识点在课堂上被一一讲解，学生虽掌握了知识点却难免"只见树木不见森林"。"语文课程标准"的颁布实施，让语文教学前进了一大步，真正把语文教学放在"课程"里整体思考，整体设计教学思路，将知识、能力、情感、态度、价值观融为一体统筹安排，但其终极目标还不够清晰。"语文核心素养"是在全面落实"立德树人"教育目标下提出来的，旨在通过语文自有的教育功能为当代合格青少年的成长过程提供必要的养料和条件。

什么是"语文核心素养"？北京师范大学资深教授王宁认为，语文核心素养是学生在积极主动的语言实践活动中构建起来，并在真实的语言运用情境中表现出来的个体语言经验和言语品质；是学生在语文学习中获得的语言知识与语言能力、思维方法和思维品质，是基于正确的情感、态度和价值观的审美情趣和文化感受能力的综合体现。简言之，语文核心素养包含四个关键词，即语言、思维、审美和文化。

我们为什么要阅读经典，如何阅读经典，它和语文核心素养的养成有什么关系？

我们可以站在阅读经典这个制高点上，去回首我们的过去的经历，评判我们的得失；也可以以更加开阔的视野瞭望世界，"极目楚天舒"。这说明"读什么"比"怎么读"更为重要。

中外经典繁多。中国古代文学是一座宝库，但阅读它们需要掌握一定的知识和能力，需要有适合的导读和引领。中国现代文学离我们不太遥远，其所处时代的特殊性给我们的阅读提供了多种可能性。因此，在几年前"经典阅读与中学语文教学"课题被中国教育学会中学语文教学专业委员会批准立项时，课题组就锁定中国现代文学经典作为研究对象。这些经典，不仅有20世纪二十至四十年代冲破铁屋子的呐喊、落后与苦难下的坚守、民族存亡的抗争，也有中华人民共和国成立的喜悦和人民投身火热建设中的豪情，作品中表现的家国情怀无不令人动容。通过阅读这些经典，学习作家们的语言运用技巧，以积累好词好句，提升自己的语言建构与运用能力；学习作家们批判与发现的精神，以促进自己的思维发展与提升；学会欣赏和评价作家们的作品，以培养自己的审美鉴赏与创造能力；学习作家们对中外文化的包容、借鉴、继承，以加强自己对文化的传承与理解。

最后借用我国著名作家王蒙先生的话与读者共勉：读书的亮点在于照亮生活，生活的亮点包括积累智慧与学问。生活与读书是互见、互证、互相照耀的关系。用脑阅读，用心阅读！用阅读攀登精神的高峰！

目录

母　亲

母亲！这是我离开你，第五次度中秋，在这异乡——在这愁人的异乡。

我不忍告诉你，我凄酸独立在枯池旁的心境，我更不忍问你团圆宴上偷咽清泪的情况。

我深深地知道：系念着漂泊天涯的我，只有母亲；然而同时感到凄楚黯然，对月挥泪，梦魂犹唤母亲的，也只有你的女儿！

节前许久未接到你的信，我知道你并未忘记中秋；你不写的缘故，我知道了，只为了规避你心幕底的悲哀。月儿的清光，揭露了的，是我们枕上的泪痕；她不能揭露的，确是我们一丝一缕的离恨！

我本不应将这凄楚的秋心寄给母亲，重伤母亲的心；但是与其这颗心，悬在秋风吹黄的柳梢，沉在败荷残茎的湖心，最好还是寄给母亲。假使我不愿留这墨痕，在归梦的枕上，我将轻轻地读给母亲。假使我怕别人听到，我将折柳枝，蘸湖水，写给月儿；请月儿在母亲的眼里映出这一片秋心。

挹清嫂很早告诉我，她说：

"妈妈这些时为了你不在家怕谈中秋，然而你的顽皮小侄女昆林，偏是天天牵着妈妈的衣角，盼到中秋。我正在愁着，当家宴团圆时，我如何安慰妈妈？更怎能安慰千里外凝眸故乡的妹妹？我望着月儿一度一度圆，然而我们的家宴从未曾一次团圆。"

自从读了这封信，我心里就隐隐地种下恐怖，我怕到月圆，和母亲一样了。但是她已慢慢地来临，纵然我不愿撕月份牌，然而月儿已一天一天圆了！

十四的下午，我拿着一个月的薪水，由会计室出来，走到我办公处时，我的泪已滴在那一卷钞票上。母亲！不是为了我整天的工作，工资微少，不是为了债主多，我的钱对付不了，不是为了发得迟，不能买点异乡月饼，献给母亲尝尝，博你一声微笑。只因：为了这一卷钞票我才流落在北京，不能在故乡，在母亲的膝下，大嚼母亲赐给的果品。然而，我不是为了钱离开母亲，我更不是为了钱弃故乡。

你不是曾这样说吗，母亲：

"你是我的女儿，同时你也是上帝的女儿，为了上帝你应该去爱别人，去帮助别人。去吧！潜心探求你所不知道的，勤恳工作你所能尽力的。去吧！离开我，然而你却在上帝的怀里。"

因之，我离开你漂泊到这里。我整天地工作，当夜晚休息时，揭开帐门，看见你慈爱的像片时，我跪在地下，低低告诉你：

"妈妈！我一天又完了。然而我只有忏悔和惭愧！我莫有捡得什么，同时我也未曾给人什么！"

有时我胜利地微笑，有时我痛恨地大哭，但是我仍这样工作，这样每天告诉你。

这卷钞票我如今非常爱惜，她曾滴满了我思亲泪！但是我想到母亲的叮咛时，我很不安，我无颜望着这重大的报酬。

因此，我更想着母亲——我更对不起遥远的山城里，常默祝我尽职的母亲！

十五那天早晨很早就醒了，然而我总不愿起来；母亲，你能猜到我为了什么吗？

　　林家弟妹，都在院里唱月儿圆，在他们欢呼高亢的歌声里，激荡起我潜伏已久的心波，揭显了心幕底沉默的悲哀。我悄悄地咽着泪，揭开帐门走下床来；打开我的头发，我一丝一丝理着，像整理烦乱一团的心丝。母亲！我故意慢慢地迟延，两点钟过去了，我成功了的是很松乱的髻。

　　小弟弟走进来，给我看他的新衣裳，女仆走进来望着我拜节，我都付之一笑。这笑里映出我小时候的情形，映出我们家里今天的情形；母亲！你们春风沉醉的团圆宴上，怎堪想想寄人篱下的游子！

　　我想写信，不能执笔；我想看书，不辨字迹；我想织手工，我想抄心经；但是都不能。我后来想拿下墙上的洞箫，把我这不宁的心绪吹出；不过既非深宵，又非月夜，哪是吹箫的时节！后来我想最好是翻书箱，一件一件拿出，一本一本放回，这样挨过了半天，到了吃午餐时候。

　　不晓得怎样，在这里住了一年的旅客，今天特别局促起来，举箸时，我的心颤跳得更厉害；不知是否，母亲你正在念着我？一杯红艳艳的葡萄酒，放在我面前，我不能饮下去，我想家里的团圆宴上少了我，这里的团圆宴上却多了我。虽然人生旅途，到处是家，不过为了你，我才绻恋着故乡；母怀是我永久倚凭的柱梁，也是我破碎灵魂，最终归宿的坟墓。

　　母亲！你原谅我吧！当我情感流露时，允许我说几句我心里要说的话，你不要迷信不吉祥而阻止，或者责怪我。

　　我吃饭时候，眼角边看见炉香绕成个卍字，我忽然想到你跪在观音面前烧香的样子，你唯一祷告的一定是我在外边"身体康健，一切平安"。母亲！我已看见你龙钟的身体，慈笑的面孔；这时候我连饭带泪一块儿咽下去。

干咳了一声，他们都用怜悯的目光望我，我不由得低下头，觉着脸有点烧了。母亲！这是我很少见的羞涩。

林家妹妹，和昆林一样大；她叫我"大姊姊"；今天吃饭时，我屡次偷看她，不晓得为什么因为她，我又想起围绕你膝下，安慰欢愉你的侄女。惭愧！你枉有偌大的女儿；母亲！你枉有偌大的女儿！

吃完饭，晶清打电话约我去万牲园。这是我第一次去看她们创造成功的学校：地址虽不大，然而结构却很别致，虽不能及石驸马大街富丽的红楼，但似乎仍不失小家碧玉的居处。

因此，我深深地感到了她们缔造艰难的苦衷了！

清很凄清，因她本有几分愁，如今又带了几分孝，在一棵垂柳下，转出来低低唤了一声"波微"时，我不禁笑了，笑她是这般娇小！

我们聚集了八个人，八个人都是和我一样离开了母亲，和我一样在万里外漂泊，和我一样压着凄哀，强作欢笑地度这中秋节。

母亲！她们家里的母亲，也和你想我一样想着她们；她们也正如我般绻怀着母亲。

我们飘零的游子能凑合着在天涯一角底勉为欢笑，然而你们做母亲的，连凑合团聚，互谈谈你们心思的机会都莫有。因之，我想着母亲们的悲哀一定比女孩儿们的深沉！

我们缘着倾斜乱石，摇摇欲坠的城墙走，枯干一片，不见一株垂柳绿荫。砖缝里偶尔有几朵小紫花，也莫有西山上的那样令人注目；我想着这世界已是被人摒弃了的。

一路走着，她们在前边，我和清留在后边。我们谈了许多去年今日，去年此时的情景；并不曾令我怎样悲悼，我只低低念着：

惊节序，

叹沉浮，

秾华如梦水东流；

人间何事堪惆怅，

莫向横塘问旧游。

走到西直门，我们才雇好车。这条路前几月我曾走过，如今令我最惆怅的，便是找不到那一片翠绿的稻田，和那吹人醺醉的惠风；只感到一阵阵冷清。

进了门，清低低叹了口气，我问：“为什么事你叹息？”她莫有答应我。多少不相识的游人从我身旁过去，我想着天涯漂泊者的滋味，沉默地站在桥头。这时，清握着我手说：

“想什么？我已由万里外归来。”

母亲！你当为了她伤心，可怜她无父无母的孤儿，单身独影漂泊在这北京城；如今歧路徘徊，她应该向哪处去呢？纵然她已从万里外归来，我固然好友相逢，感到快愉。但是她呢？她只有对着黄昏晚霞，低低唤她死了的母亲；只有望着皎月繁星洒几点悲悼父亲的酸泪！

猴子为了食欲，做出种种媚人的把戏，栏外的人也用了极少的诱惑，逗着它的动作；而且在每人的脸上，都轻泛着一层胜利的微笑，似乎表示他们是聪明的人类。

我和清都感到茫然，到底怎样是生存竞争的工具呢？当我们笑着小猴子的时候，我觉着似乎猴子也正在窃笑着我们。

她们许多人都回头望着我们微笑，我不知道为了什么！琼妹忍不住了。她说：

"你看梅花小鹿！"

我笑了，她们也笑了；清很注意地看着栏里。琼妹过去推她说：

"最好你进去陪着它，直到月圆时候。"

母亲！梅花小鹿的故事，是今夏我坐在葡萄架下告诉过你的；当你想到时，一定要拿起你案上那只泥做的梅花小鹿，看着它是否依然无恙；母亲！这是我永远留着它伴着你的。

经过了眠鸥桥，一池清水里，漂浮着几个白鹅；我望着碧清的池水，感到四周围的寂静。我的心轻轻地跳了，在这样死静的小湖畔，我的心不知为什么反而这样激荡着？我寻着人们遗失了的，在我偶然来临的路上；然而却失丢了我自己竟守着的，在这偶然走过的道上。

在这小桥上，我凝望着两岸无穷的垂柳。垂柳！你应该认识我，在万千来往的游人里，只有我是曾经用心的眼注视着你，这一片秋心，曾在你的绿荫深处停留过。

天气渐渐黯淡了，阳光慢慢叫云幕罩了；我们踏着落叶，信步走向不知道的一片野地里去。过了福香桥，我们在一个小湖边的山石上坐着，清告诉我她在这里的一段故事。

四个月前清、琼、逸来到这里。过了福香桥有一个小亭，似乎是从未叫人发现过的桃源。那时正是花开得十分鲜艳的时候，逸和琼折下柳条和鲜花，给她编了一顶花冠，逸轻轻地加在她的头上。晚霞笑了，这消息已由风儿送遍园林，许多花草树林都垂头朝贺她！

她们恋恋着不肯走，然而这顶花冠又不能带出园去，只好仍请逸把它悬在柳丝上。

归来的那晚上就接到翠湖的凶耗！清走了的第二个礼拜，琼和逸又来到这里，那顶花冠依然悬在柳丝上，不过残花败柳，已憔悴得不忍再睹。这时她们猛觉得一种凄凉紧压着，不禁对着这枯萎的花冠痛哭！不愿它再受风雨的摧残，拿下来把它埋在那个小亭畔；虽然这样，但是它却造成一段绮艳的故事。

我要虔诚地谢谢上帝，清能由万里外载着那深重的愁苦归来，更能来到这里重凭吊四月前的遗迹。在这中秋，我们能团集着；此时此景，纵然凄惨也可自豪自慰！

母亲！我不愿追想如烟如梦的过去，我更不愿希望那荒渺未卜的将来，我只尽兴尽情地快乐，让幻空的繁华都在我笑容上消灭。

母亲！我不敢欺骗你，如今我的生活确乎大大改变了，我不诅咒人生，我不悲欢人生，我只让属于我的一切事境都像闪电，都像流星。我时时刻刻这样盼着！当箭放在弦上时，我已想到我的前途了。

我们由动物园走到植物园，经过许多残茎枯荷的池塘，荒芜落叶的小径；这似我心湖一样的澄静死寂，这似我心湖边岸一样的枯憔荒凉。我在豳风堂前望着那一池枯塘，向韵姊说：

"你看那是我的心湖！"

她不能回答我，然而她却说：

"我应该向你说什么？"

我深深地了解她的心，她的心是这般凄冷。不过在这样旧境重逢时，她能不为了过去的春光惆怅吗？母亲！她是那年你曾鉴赏过她的大笔的；然而，她如椽的大笔，未必能写尽她心中的惆怅，因为她的愁恨是那样深沉难测啊！

天气阴沉得令人感着不快，每个人都低了头幻想着自己心境中的梦乡；偶然有几句极勉强的应酬话，然而不久也在沉寂的空气中消失了。

清似乎想起什么一样，站起身来领着我就走，她说："我领你到个地方去看看。"

这条道上，莫有逢到一个人。缘道的铁线上都晒着些枯干的荷叶，我低着头走了几十步，猛抬头看见巍峨高耸的四座塔形的墓。荒丛中走不过去，未能进去细看；我回头望望四周的环境，我觉着不如陶然亭的寥廓而且凄静，萧森而且清爽。陶然亭的月亮，陶然亭的晚霞，陶然亭的池塘芦花，都是特别为坟墓布置的美景，在这个地方埋葬几个烈士或英雄，确是很适宜的地方。

母亲！在陶然亭芦苇池塘畔，我曾照了一张独立苍茫的小像；当你看见它时，或许因为我爱的地方，你也爱它；我常常这样希望着。

我们见了颓废倾圮、荒榛没胫的四烈士墓，真觉为了我们的先烈难过。万牲园并不是荒野废墟，实不当忍使我们的英雄遗骨，受这般冷森和凄凉！就是不为了纪念先贤，也应该注意怎样点缀风景！我知道了，这或许便是中国内政的缩影吧！

隔岸有鲜红的山楂果，夹着鲜红的枫树，望去像一片彩霞。我和清拂着柳丝慢慢走到印月桥畔；这里有一块石头，石头下是一池碧清的流水；这块石头上，还刊着几行小诗，是清四月间来此假寐过的。她是这样处处留痕迹，我呢，我愿我的痕迹，永远留在我心上，默默地留在我心上。

我走到枫树面前，树上树下，红叶铺集着。远望去像一条红毡。我想拣一片留个纪念，但是我没有那样勇气，未曾接触它前，我已感到凄楚了。母亲！我想到西湖紫云洞口的枫叶，我想到西山碧云寺里的枫叶；我伤心，那一片片绯红的叶子，都给我一样的悲哀。

月儿今夜被厚云遮着，出来时或许要到夜半，冷森凄寒这里不能久留了；园内的游人都已归去，徘徊在暮云暗淡的道上的只有我们。

远远望见西直门的城楼时，我想当城圈里明灯辉煌、欢笑歌唱的时候，城外荒野尚有我们无家的燕子，在暮云底飞去飞来。母亲！你听到时，也为我们漂泊的游儿伤心吗？不过，怎堪再想，再想想可怜穷苦的同胞，除了悬梁投河，用死去办理解决一切生活逼迫的问题外，他们求如我们这般小姐们的呻吟而不可得。

这样佳节，给富贵人作了点缀消遣时，贫寒人确作了勒索生命的符咒。

七点钟回到学校，琼和清去买红玫瑰，芝和韵在那里料理果饼；我和侠坐在床沿上谈话。她是我们最佩服的女英雄，她曾游遍江南山水，她曾经过多少困苦；尤其令人心折的是她那娇嫩的玉腕，能飞剑取马上的头颅！我望着她那英姿潇洒的丰神，听她由上古谈到现今，由欧洲谈到亚洲。

八时半，我们已团团坐在这天涯地角、东西南北凑合成的盛宴上。月儿被云遮着，一层一层刚褪去，又飞来一块一块的絮云遮上；我想执杯对月儿痛饮，但不能践愿，我只陪她们浅浅地饮了个酒底。

我只愿今年今夜的明月照临我，我不希望明年今夜的明月照临我！假使今年此日月都不肯窥我，又哪能知明年此日我能望月？在这模糊阴暗的夜里，凄凉肃静的夜里，我已看见了此后的影事。母亲！逃躲的，自然努力去逃躲，逃躲不了的，也只好静待来临。我想到这里，我忽然兴奋起来，我要快乐，我要及时行乐；就是这几个人的团宴，明年此夜知道还有谁在？是否烟消灰熄？是否风流云散？

母亲！这并不是不祥的谶语，我觉着过去的凄楚，早已这样告诉我。

虽然陈列满了珍馔，然而都是含着眼泪吃饭；在轻笼虹彩的两腮上，隐隐显出两道泪痕。月儿朦胧着，在这凄楚的筵上，不知是月儿愁，还是我们愁？

杯盘狼藉的宴上，已哭了不少的人；琼妹未终席便跑到床上哭了，母亲！这般小女孩，除了母亲的抚慰外，谁能解劝她们？琼和秀都伏在床上痛哭！这谜揭穿后谁都是很默然地站在床前，清的两行清泪，已悄悄地滴满襟头！她怕我难过，跑到院里去了。我跟她出来时，忽然想到亡友，他在凄凉的坟墓里，可知道人间今宵是月圆。

夜阑人静时，一轮皎月姗姗地出来；我想着应该回到我的寓所去了。到门口已是深夜，悄悄一轮明月照着我归来。

月儿照了窗纱，照了我的头发，照了我的雪帐；这里一切连我的灵魂，整个都浸在皎清如水的月光里。我心里像怒涛涌来似的凄酸，扑到床缘，双膝跪在地下，我悄悄地哭了，在你的慈容前。

心 之 波

　　我立在窗前许多时候，我最喜欢见落日光辉，照在那烟雾迷蒙的西山，在暮色苍茫的园里，粗粝而且黑暗的假山影，在紫色光辉里照耀着；那傍晚的云霞，飘坠在楼下，青黄相间，迎风摇曳的梧桐树上——很美丽的闪烁；犹如一阵淡红蔷薇花片的微雨，遍染了深秋梧叶。我痴痴地看那晚霞坠在西山背后，今天的愉快中秋节，又匆匆地去了！时间张着口，把青春之花、生命之果都吸进去了；只留下迷路的小羊在山坡踌躇着。

　　夜间临到了！我在寂寞沉闷的自然怀抱中，我是宇宙的渺小者啊；这一瞥生命之波又应当这样把温和与甜蜜的情感，去发掘宇宙秘藏之奥妙；吸收她的美和感化，以安慰这枯燥的人生啊！晶莹光辉的一轮明月，她将一手蕴藏的光明，都兴尽地照遍宇宙了；那夜景的灿烂，都构成很和平很静默的空气。我从楼上下去到了后院——那空旷的操场上，去吸收她那素彩清辉的抚爱；一路过了许多游廊，那电灯都黑沉地想着他的沉闷，他是没有力量和月光争辉的，但在黑暗的夜里，那月儿被黑云翳遮满了，除了一两繁星闪烁外，在那黑暗里辉耀着的就是电灯了！但现在他是不能和她争点光明的，因为她是自然的神。我一路想着许多无聊的小问题，不觉地走到花园的后面一棵松树底下；我就拂着枯草坐在树底。从枝叶织成的天然幕里，仰着头看那含笑的月！我闭了眼，那灵魂儿不觉地飞出去，找我那理想中之幻想界——神之宫——仙之园——作我的游缘。我觉着灵魂从白云迷茫中，分出一道光明的路，我很欣喜地踏了进去，那白玉琢成的月宫里，冉冉地走出许多极美丽的白衣仙女，张着翅膀去欢迎我的灵魂！从微笑的温和中，我跪在那白绒的毡上，伏在那洁白神女之肩上。我那时觉着灵魂儿都化成千数只的蝴蝶，翩翩在白云的深宫跳舞了！神秘的音乐，飘荡在银涛的波光中，那地上的花木，也摇曳着合拍地发出相击的细声。眼睁开了，依然在伟大的松林影下坐着，眼中还映着那闪烁而飘浮的色带：仿佛那白衣的神妃及仙女都舞蹈着向我微笑！她听见各地方都发出嘹嘹的、奇异的、悲愁的、感动的、恳切的声调；如珍珠的细雨落在深密而开花的林中一样。我慢慢地醒了那灵魂中构成的幻梦，微细的音乐还依然在那银涛之光中波动着。我凝神细听，才知是远处的箫声，那一缕缕的哀音，告诉以人类的可怜！

去年今夜，不是同她在皓月之下叙别吗？我那时候无心去看月儿的娇媚，我的泪只是往肚子里流！现在月儿一样的照在我和她的心里，但重洋之波流不去我的思惘。我确知道她是最哀痛的一个失恋者，在生命中她不觉得愉快，幸福只充满了忏悔和哀怨。她生命之花，都被那恶社会的环境牺牲了。她觉着宇宙尽充着悲哀，在呜咽的音容中，微笑总是徒然，像海鸥躲出海去，是不可能的事啊！

我思潮不定地波荡着，到了我极无聊的时候，我觉着又非常可笑！人生到底是怎样生活去吗？我慢慢地向我寝室走，那萧瑟的秋风吹在两旁的树林里，瑟瑟地向我微语：他们的吟声和着风声，唱出那悲哀之歌。我踽踽独行，是沉闷无聊的事吗？但我看来，是在这烦恼嚣杂的社会里，不亲近人是躲避是非的妙法。所以人家待我有两三分的美意，我就觉着有一种说不出的恐怖布满了我的心腔。我慢慢地沉思着走到了我的楼下，忽然见楼旁有个黑影一闪，我很惊讶地问了一声"是谁"，但那黑影已完全消灭了，找不出半点行踪。一瞥的人生也是这样地无影无踪吗？我匆匆地上楼，那皓光恰好射在我的帐子上，显出种极惨的白色！在帐中的一个小像上，她掬着充足的泪泉在那眼波中，摄我的灵魂去，游那悲哀之海啊！失恋的小羊哟，在这生命之波流动的时候，那种哀怨的人生，是阻止那进行的拦路虎，愈要觉着那不语的隐痛。但人要不觉悟人世是虚伪的，本来什么也不足为凭，何况是一种冲动的感情啊！不过人在旁观者的地位都觉着她是不知达观方面去想的，到了身受者亲切的感着时候，是比不得旁观者之冷眼讥笑。这假面具戴满的社会，谁能看透那脑筋荡漾着什么波浪啊！谁知道谁的目的是怎样主张啊？况且人世的事都是完全相对的，不能定一个是非；如甲以为是的乙又以为非，是没有标准的。那么，在这恶社会里失望和懊恼，都是人类难免的事。这么一想，她有多少悲哀都要被极强的意志战胜。既然人世是宇宙的渺小者瞬息的一转，影一般的就捉不住了！那疲倦的青春和沉梦的醉者，都是青年人所不应当消极的。但现在的青年——知识界的青年，因感觉的敏感和思想的深邃，所以处处感着不快的人生，烦闷的人生。他们见宇宙的事物，人类是受束缚的。哪如天空的鸿雁，任意翱翔，春日的流莺，随心歌啭呢？他们是没有知识的，所以他们也减少烦恼，他们是生活简单的，所以也不受拘束。

我一沉思，虽晴光素彩，光照宇宙，但我心胸中依然塞满了黑暗。我搬把椅子，放在寝室外边的栏杆旁，恰好一轮明月，就照着我。那栏杆下沉静的青草和杨柳，也伸着头和月儿微语呢。一阵秋风，那树叶依然扑拉拉落了满地。月儿仍然不能保护他今夜不受秋风的摧残，她更不能借月儿的力量，帮助他的"生命之花"不衰萎不败落。这是他们最不幸的事情，但他们也慷慨地委之于运命了！

夜是何等地静默啊！心之波在这爱园中波荡着，想起多少的回忆：在初级师范读书的时候，天真烂漫，那赤血搏动的心里，是何等光亮和洁白啊！没有一点的尘埃，是奥妙神洁的天心啊！赶我渐渐一步一步地挨近社会，才透彻了社会的真相——是万恶的——引人入万恶之途的。一入万恶之渊，未有不被万恶之魔支配的！叫他洁白的心胸，染了许多的污点。他是意志薄弱的青年，能不为万恶之魔战败吗！所以一般知识略深的青年，对于社会的事业，是很热心去改造的，不过因为环境和恶魔的征服，他们结果便灰心了，所以他对于社会是摒弃的，远避的。社会上所需要的事物，都是悖逆青年的意志，而偏要使他去做的事情。被征服的青年，也只好换一副面具和心肠去应付社会去，这是人生隐痛啊！觉悟的青年，感受着这种苦痛，都是社会告诉他的，将他从前的希望，都变成悲观的枯笑，使他自然地被摒弃于社会之外，社会的万恶之魔，就是许多相袭既久的陈腐习惯；在这种习惯下面，造出一种诈伪不自然的伪君子，面子上都是仁义道德，骨子里都是男盗女娼，然而这是社会上最尊敬最赞扬的人物，假如在这社会习惯里有一两青年，要禀着独立破坏的精神，去发展个人的天性，不甘心受这种陈腐不道德的束缚，于是乎东突西冲，想与社会作对，但是社会的权力很大，罗网很密，个人绝对不能做社会的公敌的，社会像个大火炉，什么金银铜铁锡，进了炉子，都要熔化的。况且"多数服从的迷信"是执行重罚的机关（舆论），所以他们用大多数的专制威权去压制那少数的真理志士，削夺了他的言论行动精神肉体——易卜生的社会栋梁同国民公敌都是青年在社会内的背影！

人生是不敢去预想未来，回忆过去的，只可合眼放步随造物的低昂去。一切希望和烦恼，都可归到运命的括弧下。积极方面斗争作去，终归于昙花一现，就消极方面挨延过去，依然一样的落花流水；所取的目的虽不同，而将来携手时，是同归于一点的。人生如沉醉的梦中，在梦中的时候一颦一笑，都是由衷的——发于至情的；迨警钟声唤醒噩梦后，回想是极无意识而且发笑的！人生观中一片片的回忆，也是这种现象。

今夜的月儿，好像朵生命之花，而我的灵魂又不能永久深藏在月宫，躲着这沉浊的社会去，这是永久的不满意啊！世界上的事物，没有定而不变的，没有绝对真实的。我这一时的心波是最飘忽的一只雁儿；那心血汹涌的时候，已一瞥地追不回来了！追不回来了！我只好低着头再去沉思之渊觅她去……

一九二三年双十节脱稿

玉　薇

　　久已平静的心波，又被这阵风雨，吹皱了几圈纤细的银浪，觉着窒息
重压的都是乡愁。谁能毅然决然用轻快的剪刀，挥断这自吐自缚的罗网啊！

　　昨天你曾倚着窗默望着街上往来的车马，有意无意地问我：

　　"波微！前些天你寄我那封信含蓄着什么意思？"

　　我当时只笑了笑，你说了几声"神秘"就走了。今天我忽然想告诉你一切，
大胆揭起这一角心幕给你看：只盼你不要讥笑，也不要惊奇。

　　在我未说到正文以前，先介绍你看一封信，这封信是节录地抄给你：

　　　　飞蛾扑火而杀身，青蚕作茧以自缚，此种现象，岂彼虫物之
　　灵知不足以见及危害？要亦造物网罗有一定不可冲破之数耳。物
　　在此网罗之中，人亦在此网罗之中，虽大力挣扎亦不能脱。

　　　　君谓"人之所幸幸而希望者，亦即我惴惴然而走避者"，实
　　告君，我数年前即为坚抱此趋向之一人，然而信念自信念，事实
　　则自循其道路，绝不与之相侔；结果，我所讪笑为追求者固溺矣，
　　即我走避者，人何曾逃此藩篱？

　　　　世界以有生命而存在，我在其狂涡呓梦之中，君亦在其狂涡
　　呓梦之中；吾人虽有时认得狂涡呓梦，然所能者仅不过认识，实
　　际命运则随此轮机之旋转，直至生命静寂而后已。

吾人自有其意志，然此意志，乃绝无权处置其命运，宰制之者乃一物的世界。人苟劝我以憬悟，勿以世为有可爱溺之者；我则愿举我之经验以相告，须知世界绝不许吾人自由信奉其意志也。

我乃希望世人有超人，但却绝不信世上会有超人，世上只充满庸众。吾人虽或较认识宇宙；但终不脱此庸众之范围，又何必坚持违生命法则之独见，以与宇宙抗？

看完这封信，你不必追究内容是什么。相信我是已经承认了这些话是经验的事实的。

近来，大概只有两个月吧！忽然觉得我自己的兴趣改变了，经过许多的推测，我才敢断定我，原来在不知什么时候，我忽然爱恋着一个十七八岁的少女，她是我的学生。

这自然是一种束缚，我们为了名分地位的隔绝，我们的心情是愈压服愈兴奋，愈冷淡愈热烈；直到如今我都是在心幕底潜隐着，神魂里系念着。她栖息的园林，就是我徘徊萦绕的意境，也就是命运安排好的囚笼。两月来我是这样沉默着抱了这颗迂回的心，求她的收容。在理我应该反抗，但我绝不去反抗，纵然我有力毁碎，有一切的勇力去搏斗，我也不去那样做。假如这意境是个乐园，我愿做个幸福的主人，假如这意境是囚笼，我愿做那可怜的俘虏。

我确是感到一种意念的疲倦了。当桂花的黄金小瓣落满了雪白的桌布，四散着清澈的浓香，窗外横抹着半天红霞时；我每每沉思到她那冷静高洁的丰韵。朋友！我心是这样痴，当秋风吹着枯黄的落叶在地上旋舞，枝上的小鸟悼伤失去的绿荫时，我心凄酸得欲流下泪来；但这时偶然听见她一声笑语，我的神经像在荒沙绝漠寻见绿洲一样的欣慰！

我们中间的隔膜，像竹篱掩映着深密芬馥的花朵，像浮云遮蔽着幽静皎洁的月光，像坐在山崖上默望着灿烂的星辉，听深涧流水，疑惑是月娥环佩声似的那样令人神思而梦游。这都是她赐给我的，唯其是说不出，写不出的情境，才是人生的甜蜜、艺术的精深呢！

我们天天见面，然而我们都不说什么话，只彼此默默地望一望。尝试了这种神秘隐约的力的驱使，我可以告诉你，似在月下轻弹琵琶的少女般那样幽静，似深夜含枚急驱的战士般那样渺茫，似月下踏着红叶、轻叩寺门的老僧那样神远而深沉。但是除了我自己，绝莫有人相信我这毁情绝义的人，会为了她使我像星星火焰，烧遍了原野似的不可扑灭。

有一天下午，她轻轻推开门站在我的身后，低了头编织她手中的线绳，一点都没有惊动我；我正在低头写我的日记，恰巧我正写着她的名字。她轻轻地叫了一声，我抬起头来从镜子里看见她，那时我的脸红了！半晌才说了一句不干紧要的话敷衍下去；坦白天真的她，何曾知道我这样局促可怜。

我只好保留着心中的神秘，不问它银涛雪浪怎样淹没我，相信那里准有个心在——那里准有个海在。

写到这里我上课去了。吃完饭娜君送来你的信，我钦佩你那超越世界系缚的孤渺心怀，更现出你是如何的高洁伟大，我是如何的沉恋渺小啊！最后你因为朋友病了，战争阻了你的归途，你万分诅恨和惆怅！诚然，因为人类才踏坏了晶洁神秘的原始大地，留下这疏散的鸿爪；因为人类才废墟变成宫殿，宫殿又变成丘陵；因为人类才竭血枯骨，攫去大部分的生命，装潢一部分的光荣。

我们只爱着这世界，并不愿把整个世界供我支配与践踏。我们也愿意戴上银盔，骑上骏马，驰骋于高爽的秋郊，马前有献花的村女，四周有致敬的农夫；但是何忍白玉杯里斟满了鲜血，旗麾下支满了枯骨呢？自然，我们永远是柔弱的女孩，不是勇武的英雄。

这几夜月儿皎莹，心情也异常平静。心幕上掩映着的是秋月、沙场、凝血、尸骸；要不然就是明灯绿帏下一个琴台上沉思的情影。玉薇！前者何悲壮，后者何清怨？

梅　　隐

　　五年前冬天的一个黄昏，我和你联步徘徊于暮云苍茫的北河沿，拂着败柳，踏着枯叶，寻觅梅园。那时群英宴间，曾和你共沐着光明的余晖，静听些大英雄好男儿的伟论。昨天我由医院出来，绕道去孔德学校看朋友，北河沿败柳依然，梅园主人固然颠沛在东南当革命健儿，但是我们当时那些大英雄好男儿却有多半是流离漂泊、志气颓丧、事业无成呢！

　　谁也想不到五年后，我由繁杂的心境中，捡寻出这样一段回忆，时间一天一天地飞掠，童年的兴趣，都在朝霞暮云中慢慢地消失，只剩有青年皎月照了过去，又照现在，照着海外的你，也照着祖国的我。

　　今晨睡眼蒙眬中，你二十六号的信递到我病榻上来了。拆开时，粉色的纸包掉下来，展开温香扑鼻，淡绿的水仙瓣上，传来了你一缕缕远道的爱意。梅隐！我欣喜中，含泪微笑轻轻吻着它，闭目凝思五年未见，海外漂泊的你。

　　你真的决定明春归来吗？我应用什么表示我的欢迎呢？别时同流的酸泪，归来化作了冷漠的微笑；别时清碧的心泉，归来变成了枯竭的沙滩；别时鲜艳的花蕾，归来是落花般迎风撕碎！何处重撷童年红花，何时重摄青春皎颜？挥泪向那太虚，嘘气望着碧空，朋友！什么都逝去了，只有生之轮默默地转着衰老，转着死亡而已。

　　前几天皇姊由 Sumatra 来信，她对我上次劝她归国的意见有点容纳了，你明春可以绕道去接她回来，省得叫许多朋友都念着她的孤单。她说：

> 在我决志漂泊的长途，现在确乎感到疲倦，在一切异样的习
> 惯情状下，我常想着中华；但是破碎河山，糜烂故乡，归来后又
> 何忍重来凭吊，重来抚慰呢？我漂泊的途程中，有青山也有绿水，
> 有明月也有晚霞，波妹！我不留恋这刹那寄驻的漂泊之异乡，也
> 不留恋我童年嬉游的故国；何处也是漂泊，何时也是漂泊，管什
> 么故国异地呢？除了死，哪里都不是我灵魂的故乡。

有时我看见你壮游的豪兴，也想远航重洋，将这一腔烦闷，投向海心，浮在天心，只是母亲系缚着我，她时时怕我由她怀抱中逸去，又在我心头打了个紧结；因此，我不能离开她比现在还远一点。许多朋友，看不过我这颓丧，常写信来勉策我的前途，但是我总默默地不敢答复他们，因为他们厚望于我的，确是完全失望了。

近来更不幸了，病神常常用她的玉臂怀抱着我；为了病更使我对于宇宙的不满和怀疑坚信些。朋友！何曾仅仅是你，仅仅是我，谁也不是生命之网的漏鱼，病精神的或者不感受身体的痛苦，病身体的或者不感受精神的斧柯；我呢！精神上受了无形的腐蚀，身体上又受着迟缓而不能致命的痛苦。

你一定要问我到底为了什么？但是我怎样告诉你呢，我是没有为了什么的。

病中有一次见案头一盆红梅，零落得可怜，还有许多娇红的花瓣在枝上，我不忍再看它萎落尘土，遂乘它开时采下来，封了许多包，分寄给我的朋友，

你也有一包，在这信前许接到了。玉薇在前天寄给我一首诗，谢我赠她的梅花，诗是：

话到飘零感苦辛，月明何处问前身？

甘将疏影酬知己，好把离魂吊故人。

玉碎香消春有恨，风流云散梦无尘。

多情且为留鸿爪，他日芸窗证旧因。

同时又接到天辛（即高君宇）寄我的两张画片：一张是一片垂柳碧桃交紫的树林下，立着个绯衣女郎，她的左臂绊攀着杨柳枝，低着头望着满地的落花凝思。一张是个很黯淡苍灰的背景，上边有几点疏散的小星，一个黑衣女郎伏在一个大理石的墓碑旁跪着，仰着头望着星光祈祷——你想她是谁？

梅隐！不知道哪个是象征着我将来的命运？

你给我寄的书怎么还不寄来呢？揆哥给你有信吗？我们整整一年的隔绝了，想不到在圣诞节的前一天，他寄来一张卡片，上边写着：

愿圣诞节的仁风，吹散了人间的隔膜。

愿伯利恒的光亮，烛破了疑虑的悲哀。

其实，我和他何尝有悲哀，何尝有隔膜，所谓悲哀隔膜，都是环境众人造成的，在我们天真洁白的心版上，有什么值得起隔膜和悲哀的事。现在环境既建筑了隔膜的幕壁，何必求仁风吹散，环境既造成了悲哀，又何必硬求烛破？

只要年年圣诞节，有这个机会纪念着想到我们童年的友谊，那我们的友谊已是和天地永存了。揆哥总以为我不原谅他，其实我已替他想得极周到，而且深深了解他的；在这"隔膜""悲哀"之中，他才可寻觅着现在人间的幸福；而赐给人间幸福的固然是上帝；但帮助他寻求的，确是他以为不谅解他的波微。

我一生只是为了别人而生存，只要别人幸福，我是牺牲了自己也乐于去帮助旁人得到幸福的；过去是这样，现在也是这样，不过我也只是这样希望着，有时不但人们认为这是一种罪恶，而且是一种罪恶的玩弄呢！虽然我不辩，我又何须辩，水枯了鱼儿的死，自然都要陈列在眼前，现在何必望着深渊徘徊而疑虑呢！梅隐！我过去你是比较知道的，和揆哥隔绝是为了他的幸福，和梅影隔绝也是为了他的幸福……因为我这样命运不幸的人，对朋友最终的披肝沥胆、表明心迹的，大概只有含泪忍痛的隔绝吧？

母亲很念你，每次来信都问我你的近况。假如你有余暇时你可否寄一封信到山城，安慰安慰我的母亲，也可算是梅隐的母亲。我的病，医生说是肺管炎，要紧大概是不要紧，不过长此拖延，精神上觉着苦痛；这一星期又添上失眠，每夜银彩照着紫蓝绒毡时，我常觉腐尸般活着无味；但一经我抬起头望着母亲的相片时，神秘的系恋，又令我含泪无语。梅隐！我应该怎样，对于我的生、我的死？

漱 玉

永不能忘记那一夜。

黄昏时候，我们由嚣扰的城市，走进了公园，过白玉牌坊时，似乎听见你由心灵深处发出的叹息，你抬头望着青天闲云，低吟着："望云惭高鸟，临水愧游鱼……"

你挽着我的手靠在一棵盘蜷虬曲的松根上，夕阳的余晖，照临在脸上，觉着疲倦极了，我的心忽然搏跳起来！沉默了几分钟，你深呼了一口气说："波微！流水年华，春光又在含媚地微笑了，但是我只有新泪落在旧泪的帕上，新愁埋在旧愁的坟里。"我笑了笑，抬头忽见你淡红的眼圈内，流转着晶莹的清泪。我惊疑想要追问时，你已跑过松林，同一位梳着双鬓的少女说话去了。

从此像微风吹皱了一池春水，似深涧潜伏的蛟龙蠕动，那纤细的网，又紧缚住我。不知何时我们已坐在红泥炉畔，我伏在桌上，想静静我的心。你忽然狂笑摇着我的肩说："你又要自找苦恼了！今夜的月色如斯凄清，这园内又如斯寂静，哪能让眼底的风景逝去不来享受呢？振起精神来，我们狂饮个醺醉，我不能骑长鲸，也想跨白云，由白云坠在人寰时，我想这活尸也可跌她个粉碎！"你又哈哈地笑起来了！

葡萄酒一口一口地啜着，冷月由交织的树纹里，偷觑着我们，暮鸦栖在树荫深处，闭上眼静听这凄楚的酸语。想来这静寂的园里，只有我们是明灯绿帏玛瑙杯映着葡萄酒，晶莹的泪映着桃红的腮。

沉寂中你忽然提高了玉琴般的声音，似乎要哭，但莫有哭；轻微地咽着悲酸说："朋友！我有八年埋葬在心头的隐恨！"经你明白的叙述之后，我怎能不哭，怎能不哭？我欣慰由深邃死静的古塔下，掘出了遍觅天涯找不到的同情！我这几滴滴在你手上的热泪，今夜才找到承受的玉盂。真未料到红泥炉畔，这不灿烂、不热烈的微光，能照透了你严密的心幕，揭露了这八年未示人的隐痛！上帝啊！你知道吗？虚渺高清的天空里，飘放着两颗永无归宿的小心。

在那夜以前，莫有想到地球上还有同我一样的一颗心，同我共溺的一个海，爱慰抚藉我的你！去年我在古庙的厢房卧病时，你坐在我病榻前讲了许多幼小时的过去，提到母亲死时，你也告过我关乎醒的故事。但是我哪能想到，悲惨的命运，系着我同时又系着你呢？

漱玉！我在你面前流过不能在别人面前流的泪，叙述过不能在别人面前泄露的事，因此，你成了比母亲有时还要亲切的朋友。母亲何曾知道她的女儿心头埋着紫兰的荒冢，母亲何曾知道她的女儿，怀抱着深沉在死湖的素心——唯有你是地球上握着我库门金钥的使者！我生时你知道我为了什么生，我死时你知道我是为了什么死；假如我一朝悄悄地曳着羽纱，踏着银浪在月光下舞蹈的时候，漱玉！唯有你了解，波微是只有海可以收容她的心。

那夜我们狂饮着醇醴，共流着酸泪，小小杯里盛着不知是酒，是泪？咽到心里去的，更不知是泪，是酒？

红泥炉中的火也熄了，杯中的酒也空了。月影娟娟地移到窗上；我推开门向外边看看，深暗的松林里，闪耀着星光似的小灯；我们紧紧依偎着，心里低唤着自己的名字，高一步、低一步地走到社稷坛上，一进了那圆形的宫门，顿觉心神清爽，明月吻着我焦炙的双腮，凉风吹乱了我额上的散发，我们都沉默地领略这刹那留在眼上的美景。

那时我想不管它是梦回，酒醒，总之：一个人来到世界的，还是一个人离开世界；在这来去的中间，我们都是陷溺在酿中沉醉着、奔波在梦境中的游历者。明知世界无可爱恋，但是我们不能不在这月明星灿的林下痛哭！这时偌大的园儿，大约只剩我俩人；谁能同情我们呢？我们何必向冷酷的人间招揽同情，只愿你的泪流到我的心里，我的泪流到你的心里。

那夜是悱恻哀婉的一首诗，那夜是幽静孤凄的一幅画，是写不出的诗，是画不出的画；只有心可以印着它，念着它！归途上月儿由树纹内，微笑地送我们；那时踏着春神唤醒的小草，死静卧在地上的斑驳花纹，冉冉地飘浮着一双瘦影，一片模糊中，辨不出什么是树影，什么是人影。

可怜我们都是在静寂的深夜，追逐着不能捉摸的黑影，而驰骋于荒冢古墓间的人！

　　宛如风波统治了的心海，忽然因一点外物的诱惑，转换成几于死寂的沉静；又猛然为了不经意的遭逢，又变成汹涌山立的波涛，簸动了整个的心神。我们不了解，海涛为什么忽起忽灭；但我们可以这样想，只是因那里有个心，只是因那里有个海吧！

我是卷入这样波涛中的人，未曾想到你也悄悄地沉溺了！因为有心，而且心中有罗曼舞踏着，这心就难以了解了吗？因为有海，而且海中有巨涛起伏着，这海就难以深测了吗？明知道我们是错误了，但我们的心情，何曾受了理智的警告而节制呢！既无力自由处置自己的命运，更何力逃避系缠如毒蟒般的烦闷？它是用一双冷冰的手腕，紧握住生命的火焰。

纵然有天辛飞溅着血泪，由病榻上跃起，想拯救我沉溺的心魂；哪知我潜伏着的旧影，常常没有现在、忆到过去地苦痛着！不过这个心的汹涌，它不久是要平静；你是知道的，自我去年一月十八日坚决地藏裹起一切之后，我的愿望既如虹桥的消失，因之灵感也似乎麻木，现在的急掠如燕影般的烦闷，是最容易令它更归死寂的。

我现在恨我自己，为什么去年不死，如今苦了自己，又陷溺了别人，使我更在隐恨之上建了隐痛；坐看着忠诚的朋友，反遭了我的摧残，使他幸福的鲜花，植在枯寂的沙漠，时时受着狂风飞沙的撼击！

漱玉！今天我看见你时，我不敢抬起头来；你双眉的郁结，面目的黄瘦，似乎告诉我你正在苦闷着呢！我应该用什么心情安慰你，我应该用什么言语劝慰你？

什么是痛苦和幸福呢？都是一个心的趋避，但是地球上谁又能了解我们？我常说："在可能范围内赐给我们的，我们同情地承受着；在不可能而不可希望的，我们不必违犯心志去破坏他。"现在我很平静，正为了枯骨的生命鼓舞愉乐！同时又觉着叮以骄傲！

这几天我的生活很孤清，去了学校时，更感着淡漠的凄楚：今天接到Celia的信，说她这次病，几次很危险的要被死神接引了去，现在躺在床上，尚不敢转动；割的时候误伤了血管，所以时时头晕发烧。她写的信很长，在这草草的字迹里，我抖颤地感到过去的恐怖！我这不幸的人，她肯用爱的柔黄，捡起这荒草野冢间遗失的碎心，盛入她温馨美丽的花篮内休养着，我该如何感谢她呢？上帝！祝福她健康！祝福她健康如往日一样！

这几夜月光真爱人，昨夜我很早就睡了，窗上的花影树影，混成一片；静极了，虽然在这雕梁画栋的朱门里，但是景致宛如在三号一样；只缺少那古苍的茅亭和盘蜷的老松树。我看着月光由窗上移到案上，案上移到地上，地上移到床上，洒满在我的身上。那时我静静地想到故乡锁闭的栖云阁，门前环抱的桃花潭和高冈上姐姐的孤坟。母亲上了牺云阁，望见桃花潭后姐姐的坟墓，一定要想到漂泊异乡的女儿。

这时月儿是照了我，照了母亲，照着一切异地而怀念的人。

一九二四年二月十三日

素　心

我从来不曾一个人走过远路，但是在几月前我就想尝试一下这踽踽独行的滋味；黑暗中消失了你们，开始这旅途后，我已经有点害怕了！我搏跃不宁的心，常问我："为什么硬要孤身回去呢？"因之，我蜷伏在车厢里，眼睛都不敢睁，睁开时似乎有许多恐怖的目光注视着我，不知他们是否想攫住我？是否想加害我？有时为避免他们的注视，我抬头向窗外望望，更冷森可怕，平原里一堆一堆的黑影，明知道是累累荒冢，但是我总怕是埋伏着的劫车贼呢。这时候我真后悔，为甚要孤零零一个女子，在黑夜里同陌生的旅客们，走向不可知的地方去呢？因为我想着前途或者不是故乡不是母亲的乐园？

天亮时忽然上来一个老婆婆，我让点座位给她，她似乎嘴里喃喃了几声，我未辨清是什么话；你是知道我的，我不高兴和生人谈话，所以我们只默默地坐着。

我一点都不恐怖了，连他们惊讶的目光，都变成温和的注视，我才明白他们是绝无攫住加害于我的意思；所以注视我的，自然因为我是女子，是旅途独行无侣的女子。但是我为什么要这样呢？因为我身旁有了护卫——不认识的老婆婆；明知道她也是独行的妇女，在她心里，在别人眼里，不见得是负了护卫我的使命，不过我确是有了勇气而且放心了。

靠着窗子睡了三点钟，醒来时老婆婆早不在了；我身旁又换了一个小姑娘，手里提着一个篮子，似乎很沉重，但是她不知道把它放在车板上。

后来我忍不住了说："小姑娘！你提着不重吗？为什么不放在车板上？"可笑她被我提醒后，她红着脸把它搁在我的脚底。

七月二号的正午，我换了正太车，踏入了我渴望着的故乡界域，车头像一条蜿蜒的游龙，有时飞腾在崇峻的高峰，有时潜伏在深邃的山洞。由晶莹小圆石堆集成的悬崖里，静听着水涧碎玉般的音乐；你知道吗？娘子关的裂帛溅珠，真有"苍崖中裂银河飞，空里万斛倾珠玑"的美观。

火车箭似的穿过夹道的绿林，牧童村女，都微笑点头，似乎望着缭绕来去的白烟欢呼着说："归来啊！漂泊的朋友！"想不到往返十几次的轨道旁，这次才感到故乡的可爱和布置雄壮的河山。旧日秃秃的太行山，而今都披上柔绿；细雨里行云过岫，宛似少女头上的小鬟，因为落雨多，瀑布是更壮观而清脆，经过时我不禁想到 Undine。

下午三点钟，我站在桃花潭前的家门口了。一只我最爱的小狗，在门口卧着，看见我陌生的归客，它摆动着尾巴，挣直了耳朵，向我汪汪地狂叫。那时我家的老园丁，挑着一担水回来，看见我时他放下水担，颤巍巍向我深深地打了一躬，喊了声："小姐回来了！"

我急忙走进了大门，一直向后院去，喊着母亲。这时候我高兴之中夹着酸楚，看见母亲时，双膝跪在她面前，扑到她怀里，低了头抱着她的腿哭了！

母亲老了，我数不清她鬓上的银丝又添几许？现在我确是一枝阳光下的蔷薇，在这温柔的母怀里又醉又懒。素心！你不要伤心你的漂泊，当我说到见了母亲的时候，你相信这刹那的快慰，已经是不可捉摸而消失的梦；有了团聚又衬出漂泊的可怜，但想到终不免要漂泊的时候，这团聚暂时的欢乐，岂不更增将来的怅惘？因之，我在笑语中低叹，沉默里饮泣。为什么呢？

我怕将来的离别，我怕将来的漂泊。

只有母亲，她能知道我不敢告诉她的事！一天我早晨梳头，掉了好些头发，母亲忽然想起什么似的，问我这样一句说："你在外边莫有生病吗？为什么你脸色黄瘦而且又掉头发呢？"素心！母亲是照见我的肺腑了，我不敢回答她，装着叫嫂嫂梳头，跑在她房里去流泪。

这几天一到正午就下雨，鱼缸里的莲花特别鲜艳，碧绿的荷叶上，银珠一粒粒地乱滚；小侄女说那是些"大珠小珠落玉盘"。家庭自有家庭的乐趣，每到下午六七点钟，灿烂的夕阳，美丽的晚霞，挂照在罩着烟云的山峰时，我陪着父亲上楼瞭望这起伏高低的山城，在一片青翠的树林里掩映着天宁寺的双塔，阳春楼上的钟声，断断续续布满了全城；可惜我不是诗人，不是画家，在这处处都是自然，处处都寓天机的环境里，我惭愧了！

你问到我天辛的消息时，我心里似乎埋伏着将来不可深测的隐痛，这是一个厄运，常觉着我宛如一个狰狞的鬼灵，掏了一个人的心，偷偷地走了。素心！我哪里能有勇气再说我们可怜的遭逢呵！十二日那晚上我接到天辛由上海寄我的信，长极了，整整的写了二十张白纸，他是双挂号寄来的。这封信里说他回了家的胜利，和已经粉碎了他的桎梏的好消息；他自然很欣慰地告诉我，但是我看到时，觉着他可怜得更厉害，从此后他真的孤身只影流落天涯，连这个礼教上应该敬爱的人都莫有了。他终究是空虚，他终究是失望，那富艳如春花的梦，只是心上的一刹那；素心！我眼睁睁看着他要朦胧中走入死湖，我怎不伤心？为了我忠诚的朋友。但是我绝无法挽救，在灿烂的繁星中，只有一颗星是他的生命，但是这颗星确是永久照耀着这沉寂的死湖。因此我朝夕绞思，虽在这温暖的母怀里有时感到世界的凄冷。

自接了他这封长信后，更觉着这个厄运是绝不能幸免的；而深重的隐恨压服在我心上一天比一天悲惨！但是素心啊！我绝无勇气揭破这轻翳的幕，使他知道他寻觅的世界是这样凄惨，淡粉的翼纱下，笼罩的不是美丽的蔷薇，确是一个早已腐枯了的少女尸骸！

有一夜母亲他们都睡了，我悄悄踱到前院的葡萄架下，那时天空辽阔清净像无波的海面，一轮明月晶莹地照着；我在这幸福的园里，幻想着一切未来的噩梦。后来我伏在一棵杨柳树上，觉着花影动了，轻轻地有脚步声走来，吓了我一跳。细看原来是嫂嫂，她伏着我的肩说："妹妹你不睡，在这里干吗？近来我觉着你似乎常在沉思，你到底为了什么呢？亲爱的妹妹！你告诉我？"禁不住的悲哀，像水龙一样喷发出来，索性抱着她哭起来；那夜我们莫有睡，两个人默默坐到天明。

家里的幸福有时也真有趣！告诉你一个笑话：家中有一个粗使的女仆，她五十多岁了！每当我们沉默或笑谈时，她总穿插其间，因之，嫂嫂送她绰号叫刘老老，昨天晚上母亲送她一件紫色芙蓉纱的裙子，是二十年前的古董货了。她马上穿上在院子里手舞足蹈地跳起来。我们都笑了，小侄女昆林，她抱住了我笑得流出泪来，母亲在房里也被我们笑出来了，后来父亲回来，她才跳到房里，但是父亲也禁不住笑了！在这样浓厚的欣慰中，有时我是可以忘掉一切的烦闷。

大概八月十号以前可以回京，我见你们时，我又要离开母亲了，素心！在这醺醉中的我，真不敢想到今天以后的事情！母亲今天去了外祖母家，清寂里我写这封长信给你，并祝福你！

一九二四年七月二十二号山城栖云阁

露　沙

　　昨夜我不知为了什么，绕着回廊走来走去地踱着，云幕遮蔽了月儿的皎靥，就连小星的微笑也看不见，寂静中我只渺茫地瞻望着黑暗的远道，毫无意志地痴想着。

　　算命的鼓儿，声声颤荡着，敲破了深巷的沉静。我靠着栏杆想到往事，想到一个充满诗香的黄昏，悲歌慷慨的我们。

　　记得，古苍的虬松，垂着长须，在晚风中：对对暮鸦从我们头上飞过，急箭般隐入了深林。在平坦的道上，你慢慢地走着，忽然停步握紧了我手说：

　　"波微！只有这层土上，这些落叶里，这个时候，一切是属于我们的。"

　　我没有说什么，捡了一片鲜红的枫叶，低头夹在书里。当我们默然穿过了深秋的松林时，我慢走了几步，留在后面，望着你双耸的瘦肩、急促的步履，似乎告诉我你肩上所负心里隐存的那些重压。

　　走到水榭荷花池畔，坐在一块青石上，抬头望着蔚蓝的天空；水榭红柱映在池中，蜿蜒着像几条飞舞的游龙。云雀在枝上叫着，将睡了的秋蝉，也引得啾啾起来。白鹅把血红的嘴、黑漆的眼珠，都曲颈藏在雪绒的翅底；鸳鸯激荡着水花，昂首游泳着。那翠绿色的木栏，是聪明的人类巧设下的藩篱。

　　这时我已有点醺醉，看你时，目注着石上的苍苔，眼里转动着一种神秘的讪笑，猜不透是诅咒，还是赞美！你慢慢由石上站起，我也跟着你毫无目的地走去。到了空旷的社稷坛，你比较有点勇气了，提着裙子昂然踏上那白玉台阶时，脸上轻浮着女王似的骄傲尊贵，晚风似侍女天鹅的羽扇，拂着温馨的和风，袅袅地圈绕着你。望西方荫深的森林，烟云冉冉，树叶交织间，露出一角静悄悄重锁的宫殿。

我们依偎着，天边的晚霞，似纱帷中掩映着少女的桃腮，又像爱人手里抱着的一束玫瑰。渐渐地淡了，渐渐地淡了，只现出几道青紫的卧虹，这一片模糊暮云中，有诗情也有画景。

远远的军乐，奏着郁回悲壮之曲，你轻踏着蛮靴，高唱起"古从军"曲来，我虽然想笑你的狂态浪漫，但一经沉思，顿觉一股冰天的寒风，吹散了我心头的余热。无聊中我绕着坛边，默数上边刊着的青石，你忽然转头向我说：

"人生聚散无常，转眼漂泊南北，回想到现在，真是千载难遇的良会，我们努力快乐现在吧！"

当时我凄楚得说不出什么；就是现在我也是同样地说不出什么，我想将来重翻起很厚的历史，大概也是说不出什么。

往事只堪追忆，一切固然是消失地逃逸了。但我们在这深夜想到时，过去总不是概归空寂的，你假如能想到今夜天涯沦落的波微，你就能想到往日浪漫的遗迹。但是有时我不敢想，不愿想，月月的花儿开满了我的园里，夜夜的银辉，照着我的窗帷，它们是那样万古不变。我呢！时时在上帝的机轮下回旋，令我留恋的不能驻停片刻，令我恐惧的又重重实现。露沙！从前我想着盼着的，现在都使我感到失望了！

自你走后，白屋的空气沉寂得像淡月凄风下的荒冢，我似暗谷深林里往来飘忽的幽灵；这时才感到从前认为凄绝冷落的谈话、放浪狂妄的举动，现在都化作了幸福的安慰、愉快的兴奋。在这长期的沉寂中，屡次我想去信问候你的近况，但慵懒的我，搁笔直到如今。上次在京汉路中读完《前尘》，想到你向我索感的信，就想写信，这次确是能在你盼望中递到你手里了。

读了最近写的信，知你柔情万缕中，依稀仍珍藏着一点不甘雌伏的雄心，果能如此，我觉十分欣喜！原知宇宙网罗，有时在无意中无端地受了系缚；云中翱翔的小鸟，猎人要射击时，谁能预防，谁能逃脱呢！爱情的陷入也是这样。

你我无端邂逅，无端结交，上帝的安排，有时原觉多事，我于是常奢望着你，在锦帷绣帏中，较量柴米油盐之外，要承继着从前的希望，努力做未竟的事业；因之，不惮烦嚣在香梦蒙眬时，我常督促你的警醒。不过，一个人由青山碧水到了崎岖荆棘的路上，由崎岖荆棘又进了柳暗花明的村庄，已感到人世的疲倦，在这期内，彻悟了的自然又是一种人生。

在学校时，我见你激昂慷慨的态度，我曾和婉说你是"女儿英雄"，有时我逢见你和宗莹在公园茅亭里大嚼时，我曾和婉说你是"名士风流"，想到扶桑余影，当你握着利如宝剑的笔锋，铺着云露天样的素纸，立在万丈峰头，俯望着千仞飞瀑的华严泷，凝思神往的时候，原也曾独立苍茫，对着眼底河山，吹弹出雄壮的悲歌；曾几何时，栉风沐雨的苍松，化作了醉醺阳光的蔷薇。

但一想到中国妇女界的消沉，我们懦弱的肩上，不得不负一种先觉人的精神，指导奋斗的责任，那么，露沙啊！我愿你为了大多数的同胞努力创造未来的光荣，不要为了私情而抛弃一切。

我自然还是那样摒绝外缘，自谋清静，虽竭力规避尘世，但也不见得不坠落人间；将来我计划着有两条路走，现暂不告你，你猜想一下如何？

从前我常笑你那句"我一生游戏人间，想不到人间反游戏了我"。如今才领略了这种含满了血泪的诉述。我正在解脱着一种系缚，结果虽不可预知，但情景之悲惨，已揭露了大半，暗示了我悠远的恐惧。不过，露沙！我已经在心田上生根的信念，是此身虽朽，而此志不变的；我的血脉莫有停止，我和情感的决斗没有了结，自知误己误人，但愚顽的我，已对我灵魂宣誓过这样去做。

一九二四年九月二十日

天　辛

到如今我没有什么话可说，宇宙中本没有留恋的痕迹，我祈求都像惊鸿的疾掠、浮云的转逝；只希望记忆帮助我见了高山想到流水，见了流水想到高山。但这何尝不是一样的吐丝自缚呢！

有时我常向遥远的理智塔下忏悔，不敢抬头；因为瞻望着遥远的生命，总令我寒噤战栗！最令我难忘的就是你那天在河滨将别时，你握着我的手说：

"朋友！过去的确是过去了，我们在疲倦的路上，努力去创造未来吧！"

而今当我想到极无聊时，这句话便隐隐由我灵魂深处溢出，助我不少勇气。但是终日终年战兢兢地转着这生之轮，难免有时又感到生命的空虚，像一只疲于飞翔的孤鸿，对着苍茫的天海，云雾的前途，何处是新径？何处是归路地怀疑着，徘徊着。

我心中常有一个幻想的新的境界，愿我自己单独地离开群众，任着脚步，走进了有虎狼豺豹的深夜森林中，跨攀过削岩峭壁的高冈，渡过了苍茫扁舟的汪洋，穿过荆棘丛生的狭径……任我一个人高呼，任我一个人低唱，即有危险，也只好一个人量力扎挣与抵抗。求救人类，荒林空谷何来佳侣？祈福上帝，上帝是沉默无语。我愿一生便消失在这里，死也埋在这里，虽然孤寂，我也宁愿享兹孤苦的。不过这怕终于是一个意念的幻想，事实上我又如何能这样，除了蔓草黄土埋埋在我身上的时候。

如今，我并不恳求任何人的怜悯和抚慰，自己能安慰娱乐自己时，就便去追求着哄骗自己。相信人类深藏在心底的，大半是罪恶的种子，陈列在眼前的又都是些幻变万象的尸骸；猜疑嫉妒既狂张起翅儿向人间乱飞，手中既无弓箭，又无弹丸的我们，又能奈何他们呢？辛！我们又如何能不受伤负创被人们讥笑。

过去的梦神，她常伸长玉臂要我到她的怀里，因之，一切的凄怆失望像万骑踏过沙场一样踩躏着我。使我不敢看花，看花想到业已埋葬的青春；不敢临河，怕水中映出我憔悴的瘦影；更不敢到昔日栖息之地，怕过去的陈尸捉住我的惊魂。更何忍压着凄酸的心情，在晚霞鲜明、鸟声清幽时，向沙土上小溪畔重认旧日的足痕！

从前赞美朝阳，红云捧着旭日东升，我欢跃着说："这是我的希望。"从前爱慕晚霞，望着西方绚烂的彩虹，我心告诉我："这是我的归宿。"天辛啊！纵然今天我立在伟大庄严的天坛上，彩凤似的云霞依然飘停在我的头上；但是从前我是沉醉在阳光下的蔷薇花，现在呢，仅不过是古荒凄凉的神龛下，蜷伏着呻吟的病人。

这些话也许又会令你伤心的，然而我不知为什么似乎一些幸福愉快的言语也要躲避我。今天推窗见落叶满阶，从前碧翠的浓幕，让东风撕成了粉碎；因之，我又想到落花，想到春去的悠忽，想到生命的虚幻，想到一切……想到月明星烂的海，灯光辉煌的船，广庭中婀娜的舞女，琴台上悠扬的歌声；外边是沉静的海充满了神秘，船里是充满了醉梦的催眠。汹涌的风波起时，舵工先感恐惧，只恨我的地位在生命海上，不是沉醉娇贵的少女，偏是操持危急的舵工。

说到我们的生命，更渺小了，一波一浪，在海上留下些什么痕迹！

诞日，你寄来的象牙戒指收到了。诚然，我也愿用象牙的洁白和坚实，来纪念我们自己静寂像枯骨似的生命。

夜　　航

一九二五年元旦那天，我到医院去看天辛，那时残雪未消，轻踏着积雪去叩弹他的病室，诚然具着别种兴趣，在这连续探病的心情经验中，才产生出现在我这忏悔的惆怅！不过我常觉由崎岖蜿蜒的山径到达到峰头，由翠荫森森的树林到达到峰头；归宿虽然一样，而方式已有复杂简略之分，因之我对于过去及现在，又觉心头轻泛着一种神妙的傲意。

那天下午我去探病，推开门时，他是睡在床上头向着窗瞧书，我放轻了足步进去，他一点都莫有觉得我来了，依然一页一页翻着书。我脱了皮袍，笑着蹲在他床前，手攀着床栏说：

"辛，我特来给你拜年，祝你一年的健康和安怡。"

他似乎吃了一惊，见我蹲着时不禁笑了！我说：

"辛！不准你笑！从今天这时起，你做个永久的祈祷，你须得诚心诚意地祈祷！"

"好！你告诉我祈祷什么？这空寂的世界我还有希冀吗？我既无希望，何必乞怜上帝，祷告他赐我福惠呢？朋友！你原谅我吧？我无力而且不愿做这幻境中自骗的祈求了。"

仅仅这几句话，如冷水一样浇在我热血搏跃的心上时，他奄奄地死寂了，在我满挟着欢意的希望中，显露出这样一个严涩枯冷的阻物。他正在诅咒着这世界，这世界是不预备给他什么，使他虔诚的心变成厌弃了，我还有什么话可以安慰他呢！

这样沉默了有二十分钟，辛摇摇我的肩说：

"你起来，蹲着不累吗？你起来我告诉你个好听的梦。快！快起来！这一瞥飞逝的时间，我能说话时你还是同我谈谈吧！你回去时再沉默不好吗？起来，坐在这椅上，我说昨夜我梦的梦。"

我起来坐在靠着床的椅上，静静地听着他那抑扬如音乐般声音，似夜莺悲啼、燕子私语，一声声打击在我心弦上回旋。他说：

"昨夜十二点钟看护给我打了一针之后，我才可勉强睡着。波微！从此之后我愿永远这样睡着，永远有这美妙的幻境环抱着我。

"我梦见青翠如一幅绿缎横披的流水，微风吹起的雪白浪花，似绿缎上纤织的小花；可惜我身旁没带着剪子，那时我真想裁割半幅给你做一件衣裳。

"似乎是个月夜，清澈如明镜的皎月，高悬在蔚蓝的天宇，照映着这翠玉碧澄的流水；那边一带垂柳，柳丝一条条低吻着水面像个女孩子的头发，轻柔而蔓长。柳林下系着一只小船，船上没有人，风吹着水面时，船独自在摆动。

"这景是沉静，是庄严，宛如一个有病的女郎，在深夜月光下，仰卧在碧茵草毡，静待着最后的接引，怆凄而冷静。又像一个受伤的骑士，倒卧在树林里，听着这渺无人声的野外，有流水呜咽的声音！他望着洒满的银光，想到祖国，想到家乡，想到深闺未眠的妻子。我不能比拟是那么和平，那么神寂，那么幽深。

"我是踟蹰在这柳林里的旅客，不知道这是什么地方？我走到系船的那棵树下，把船解开，正要踏下船板时，忽然听见柳林里有唤我的声音！我怔怔地听了半天，依旧把船系好，转过了柳林，缘着声音去寻。愈走近了，那唤我的声音愈低微愈哀惨，我的心搏跳得更加厉害。郁森的浓荫里，露透着几丝月光，照映着真觉冷森惨淡！我停止在一棵树下，那细微的声音几乎要听不见。后来我振作起勇气，又向前走了几步，那声音似乎就在这棵树上。"

他说到这里，面色变得更苍白，声浪也有点颤抖，我把椅子向床移了一下，紧握着他的手说：

"辛！那是什么声音？"

"你猜那唤我的是谁？波微！你一定想不到，那树上发出可怜的声音叫我的，就是你！不知谁把你缚在树上，当我听出是你的声音时，我像个猛兽一般扑过去，由树上把你解下来，你睁着满含泪的眼望着我，我不知为什么忽然觉得难过，我的泪不自禁地滴在你腮上了！

"这时候，我看见你惨白的脸被月儿照着像个雕刻的石像，你伏在我怀里，低低地问我：

'辛！我们到哪里去呢？'

"我莫有说什么，扶着你回到系船的那棵树下，不知怎样，刹那间我们泛着这叶似的船儿，飘游在这万顷茫然的碧波之上，月光照得如白昼。你站在船头仰望着那广漠的大宇，夜风吹送着你的散发，飘到我脸上时我替你轻轻一掠。后来我让你坐在船板上，这只无人把舵的船儿，驾凌着像箭一样在水面上漂过，渐渐看不见那一片柳林，看不见四周的缘岸。远远地，似乎有一个塔，走近时原来不是灯塔，是个翠碧如琉璃的宝塔，月光照着发出璀璨的火光，你那时惊呼着指那塔说：

'辛！你看什么！那是什么？'

"在这时候，我还莫有答应你；忽然狂风卷来，水面上涌来如山立的波涛，浪花涌进船来，一翻身我们已到了船底，波涛卷着我们浮沉在那琉璃宝塔旁去了！

"我醒来时心还跳着，月光正射在我身上，弟弟在他床上似乎正在梦呓。我觉着冷，遂把椅子上一条绒毡加在身上。我想着这个梦，我不能睡了。"

我不能写出我听完这个梦以后的感想，我只觉心头似乎被千斤重闸压着。停了一会儿我忽然伏在他床上哭了！天辛大概也知道不能劝慰我，他叹了口气重新倒在床上。

"殉　　尸"

我怕敲那雪白的病房门，我怕走那很长的草地，在一种潜伏的心情下，常颤动着几缕不能告人的酸意，因之我年假前的两星期没有去看天辛。

记得有一次我去东城赴宴，归来顺路去看他，推开门时他正睡着，他的手放在绒毡外边，他的眉峰紧紧锁着，他的唇枯烧成青紫色，他的脸净白像石像，只有胸前微微地起伏，告诉我他是在睡着。我静静地望着他，站在床前呆立了有二十分钟，我低低唤了他一声，伏在他床上哭了！

我怕惊醒他，含悲忍泪，把我手里握着的一束红梅花，插在他桌上的紫玉瓶里。我在一张皱了的纸上写了几句话："天辛，当梅香唤醒你的时候，我曾在你梦境中来过。"

从那天起我心里总不敢去看他，连打电话给兰辛的勇气也莫有了。我心似乎被群蛆蚕食着，像蜂巢般都变成好些空虚的洞孔。我虔诚着躲闪那可怕的一幕。

放了年假第二天的夜里，我在灯下替侄女编结着一顶线绳帽。当我停针沉思的时候，小丫头送来一封淡绿色的小信。拆开时是云弟奇给我的，他说："天辛已好了，他让我告诉你。还希望你去看看他，在这星期他要搬出医院了。"

这是很令我欣慰的，当我转过那条街时，我已在铁栏的窗间看见他了，他低着头背着手在那枯黄草地上踱着，他的步履还是那样迟缓而沉重。我走进了医院大门，他才看见我，他很喜欢地迎着我说："朋友！在我们长期隔离间，我已好了，你来时我已可以出来接你了。"

"啊！感谢上帝的福佑，我能看见你由病床上起来……"我底下的话没说完已经有点哽咽，我恨我自己，为什么在他这样欢意中发出这莫名其妙的悲感呢！至现在我都不了解。

别人或者看见他能起来，能走步，是已经健康了，痊愈了吧！我真不敢这样想，他没有舒怡健康的红靥，他没有心灵发出的微笑，他依然是忧丝紧缚的枯骨，依然是空虚不载一物的机械。他的心已由那飞溅冲激的奔流，汇聚成一池死静的湖水，莫有月莫有星，黑沉沉发出呜咽泣声的湖水。

他同我回到病房里，环顾了四周，他说：

"朋友！我总觉我是痛苦中浸淹了的幸福者，虽然我不曾获得什么，但是这小屋里我永远留恋它，这里有我的血、你的泪！仅仅这几幕人间悲剧已够我自豪了，我不应该在这人间还奢望着上帝所不许我的，我从此知所忏悔了！"

"我的病还未好，昨天克老头儿警告我要静养六个月，不然怕转肺结核。"

他说时很不高兴，似乎正为他的可怕的病烦闷着。停了一会儿他忽然问我：

"地球上最远的地方是哪里呢？"

"便是我站着的地方。"我很快地回答他。

他不再说什么，惨惨地一笑！相对默默不能说什么。我固然看见他这种坦然的态度而伤心，就是他也正在为了我的躲闪而可怜，为了这些，本来应该高兴的时候，也就这样黯淡地过去了。

这次来探病，他的性情心境已完全变化，他时时刻刻表现他的体贴我原谅我的苦衷，他自己烦闷愈深，他对于我的态度愈觉坦白大方，这是他极度粉饰的伤心，也是他最令我感泣的原因。他在那天曾郑重地向我声明：

"你还有什么不放心，我是飞入你手心的雪花，在你面前我没有自己。你所愿，我愿赴汤蹈火以寻求，你所不愿，我愿赴汤蹈火以避免。朋友，假如连这都不能，我怎能说是敬爱你的朋友呢！这便是你所认为的英雄主义时，我愿虔诚地在你世界里，赠予你永久的骄傲。这便是你所坚持的信念时，我愿替你完成这金坚玉洁的信念。

"我在医院里这几天，悟到的哲理确乎不少，比如你手里的头绳，可以揣在怀里，可以扔在地下，可以编织成许多时新的花样。我想只要有头绳，一切权力自然操在我们手里，我们高兴编织成什么花样，就是什么。我们的世界是不长久的，何必顾虑许多呢！

"我们高兴怎样，就怎样吧，我只诚恳地告诉你'爱'不是礼赠，假如爱是一样东西，那么赠之者受损失，而受之者亦不见得心安。"

在这缠绵的病床上起来，他所得到的仅是这几句话，唉！他的希望红花，已枯萎死寂在这病榻上辗转呜咽的深夜去了。

我坐到八点钟要走了，他自己穿上大氅要送我到门口，我因他病刚好，夜间风大，不让他送我，他很难受，我也只好依他。他和我在那辉亮的路灯下走过时，我看见他那苍白的脸、颓丧的精神，不觉暗暗伤心！他呢，似乎什么都没有想，只低了头慢慢走着。他送我出了东交民巷，看见东长安街的牌坊，给我雇好车，他才回去。我望着他颀长的人影在黑暗中消失了，我在车上长长地呼了一口气。

就是这天夜里，我做了一个奇怪恐怖的梦。

梦见我在山城桃花潭畔玩耍，似乎我很小，头上梳着两个分开的辫子，又似乎是春天的景致，我穿着一件淡绿衫子。一个人蹲在潭水退去后的沙地上，捡寻着红的绿的好看的圆石，在这许多沙石里边，我捡着一个金戒指，翻过来看时这戒指的正面是椭圆形，里边刊着的两个隶字是"殉尸"！

我很吃惊，遂拿了这戒指跑到家里让母亲去看。母亲拿到手里并不惊奇，只淡淡地说："珠！你为什么捡这样不幸的东西呢！"我似乎很了解母亲的话，心里想着这东西太离奇了，而这两个字更令人心惊！我就向母亲说：

"娘！你让我还扔在那里去吧。"

那时母亲莫有再说话，不过在她面上表现出一种忧怖之色。我由母亲手里拿了这戒指走到门口，正要揭帘出去的时候，忽然一阵狂风把帘子刮起，这时又似乎黑夜的状况，在台阶下暗雾里跪伏着一个水淋淋披头散发的女子！

我大叫一声吓醒了！周身出着冷汗，枕衣都湿了。夜静极了，只有风吹着树影在窗纱上摆动。拧亮了电灯，看看表正是两点钟。我忽然想起前些天在医院曾听天辛说过他五六年前的情史。三角恋爱的结果一个去投了海，天辛因为她的死，便和他爱的那一个也撒手断绝了关系。从此以后他再不愿言爱。也许是我的幻想吧，我希望纵然这些兰因絮果是不能逃脱的，也愿我爱莫能助的天辛，使他有忏悔的自救吧！

我不能睡了，瞻念着黑暗恐怖的将来不禁肉颤心惊！

肠断心碎泪成冰

如今已是午夜人静，望望窗外，天上只有孤清一弯新月，地上白茫茫满铺的都是雪，炉中残火已熄只剩了灰烬，屋里又冷静又阴森；这世界啊！是我肠断心碎的世界；这时候啊！是我低泣哀号的时候。禁不住的我想到天辛，我又想把它移到了纸上。墨冻了我用热泪融化，笔干了我用热泪温润，然而天啊！我的热泪为什么不能救活冢中的枯骨，不能唤回逝去的英魂呢？这懦弱无情的泪有什么用处？我真痛恨我自己，我真诅咒我自己。

这是两年前的事了。

出了德国医院的天辛，忽然又病了，这次不是吐血，是急性盲肠炎。病状很厉害，三天工夫他瘦得成了一把枯骨，只是眼珠转动，嘴唇开合，表明他还是一架有灵魂的躯壳。我不忍再见他，我见了他我只有落泪，他也不愿再见我，他见了我他也是只有咽泪；命运既已这样安排了，我们还能再说什么，只静待这黑的幕垂到地上时，他把灵魂交给了我，把躯壳交给了死！

星期三下午我去东交民巷看了他，便走了。那天下午兰辛和静弟送他到协和医院，院中人说要用手术割治，不然一两天一定会死！那时静弟也不在，他自己签了字要医院给他开刀，兰辛当时曾阻止他，恐怕他这久病的身躯禁受不住，但是他还笑兰辛胆小，决定后，他便被抬到解剖室去开肚。开刀后据兰辛告我，他精神很好，兰辛问他："要不要波微来看你？"他笑了笑说："她愿意来，来看看也好，不来也好，省得她又要难过！"

兰辛当天打电话告我，起始他愿我去看他，后来他又说："你暂时不去也好，这时候他太疲倦虚弱了，禁不住再受刺激，过一两天等天辛好些再去吧！省得见了面都难过，于病人不大好。"我自然知道他现在见了我是要难过的，我遂决定不去了。但是我心里总不平静，像遗失了什么东西一样，从家里又跑到红楼去找晶清，她也伴着我在自修室里转，我们谁都未曾想到他是已经快死了，应该再在他未死前去看看他。到七点钟我回了家，心更慌了，连晚饭都没有吃便睡了。睡也睡不着，这时候我忽然热烈地想去看他，见了他我告诉他我知道忏悔了，只要他能不死，我什么都可以牺牲。心焦烦得像一个狂马，我似乎无力控羁它了。朦胧中我看见天辛穿着一套玄色西装，系着大红领结，右手拿着一枝梅花，含笑立在我面前，我叫了一声他的名字便醒了，原来是一梦。这时候夜已深了，揭开帐帷，看见月亮正照射在壁上一张祈祷的图上，显得阴森可怕极了，拧亮了电灯看看表正是两点钟，我不能睡了，我真想跑到医院去看看他到底怎样？但是这三更半夜，在人们都睡熟的时候，我黑夜里怎能去看他呢！勉强想平静下自己汹涌的心情，然而不可能，在屋里走来走去，也不知想什么？最后跪在床边哭了，我把两臂向床里伸开，头埋在床上，我哽咽着低低地唤着母亲！

我一点都未想到这时候，是天辛的灵魂最后来向我告别的时候，也是他二十九年的生命之火最后闪烁的时候，也是他四五年中刻骨的相思最后完结的时候，也是他一生苦痛烦恼最后撒手的时候。我们这四五年来被玩弄、被宰割、被蹂躏的命运醒来原来是一梦，只是这拈花微笑的一梦啊！

自从这一夜后，我另辟了一个天地，这个天地中是充满了极美丽、极悲凄、极幽静、极哀婉的空虚。

翌晨八时，到学校给兰辛打电话未通，我在白屋的静寂中焦急着，似乎等着一个消息的来临。

十二点半钟，白屋的门砰的一声开了！进来的是谁呢？是从未曾来过我学校的晶清。她惨白的脸色，紧嚼着下唇，抖颤的声音都令我惊奇！半天才说出一句话是："菊姐有要事，请你去她那里。"我问她什么事，她又不痛快地告诉我，她只说："你去好了，去了自然知道。"午饭已开到桌上，我让她吃饭，她恨极了，催促我马上就走；那时我也奇怪为什么那样从容？昏乱中上了车，心跳得厉害，头似乎要炸裂！到了西河沿我回过头来问晶清："你告我实话，是不是天辛死了！"我是如何的希望她对我这话加以校正，哪知我一点回应都未得到，再看她时，她弱小的身躯蜷伏在车上，头埋在围巾里。一阵一阵风沙吹到我脸上，我晕了！到了骑河楼，晶清扶我下了车，走到菊姐门前，菊姐已迎出来，菊姐后面是云弟，菊姐见了我马上跑过来抱住我叫了一声"珠妹！"，这时我已经证明天辛真的是死了，我扑到菊姐怀里叫了声"姊姊"便晕厥过去了。经她们再三的喊叫和救治，才慢慢醒来，睁开眼看见屋里的人和东西时，我想起来天辛是真死了！这时我才放声大哭。他们自然也是一样咽着泪，流着泪！窗外的风虎虎地吹着，我们都肠断心碎地哀泣着。

这时候又来了几位天辛的朋友，他们说五点钟入殓，黄昏时须要把棺材送到庙里去；时候已快到，要去医院要早点去。我到了协和医院，一进接待室，便看见静弟，他看见我进来时，他跑到我身边站着哽咽地哭了！我不知说什么好，也不知该怎么样哭？号啕呢还是低泣，我只侧身望着豫王府富丽的建筑而发呆！坐在这里很久，他们总不让我进去看；后来云弟来告我，说医院想留天辛的尸体解剖，他们已回绝了，过一会儿便可进去看。

在这时候，我便请晶清同我到天辛住的地方，收拾我们的信件。踏进他的房子，我急跑了几步倒在他床上，回顾一周什物依然。三天前我来时他还睡在床上，谁能想到三天后我来这里收检他的遗物。记得那天黄昏我在床前喂他橘汁，他还能微笑地说声"谢谢你！"。如今一切依然，微笑尚似恍如目前，然而他们都说他已经是死了，我只盼他也许是睡吧！我真不能睁眼，这房里处处都似乎显着他的影子，我在零乱的什物中，一片一片撕碎这颗心！

晶清再三催我，我从床上扎挣起来，开了他的抽屉，里面已经清理好了，一束一束都是我寄给他的信，另外有一封是他得病那晚写给我的，内容口吻都是遗书的语调，这封信的力量，才造成了我的这一生，这永久在忏悔哀痛中的一生。这封信我看完后，除了悲痛外，我更下了一个毁灭过去的决心，从此我才能将碎心捧献给忧伤而死的天辛。还有一封是寄给兰辛菊姐云弟的，寥寥数语，大意是说他又病了，怕这几日不能再见他们的话。读完后，我遍体如浸入冰湖，从指尖一直冷到心里：扶着桌子抚弄着这些信件而流泪！晶清在旁边再三让我镇静，要我勉强按压着悲哀，还要扎挣着去看他的尸体。

临走，晶清扶着我，走出了房门，我回头又仔细望望，我愿我的泪落在这门前留一个很深的痕迹。这块地是他碎心埋情的地方。这里深深陷进去的，便是这宇宙中，天长地久永深的缺陷。

回到豫王府，殓衣已预备好，他们领我到冰室去看他。转了几个弯便到了，一推门一股冷气迎面扑来，我打了一个寒战！一块白色的木板上，放着他已僵冷的尸体，遍身都用白布裹着，鼻耳口都塞着棉花。我急走了几步到他的尸前，菊姐在后面拉住我，还是云弟说："不要紧，你让她看好了。"他面目无大变，只是如腊一样惨白，右眼闭了，左眼还微睁着看我。我抚着他的尸体默祷，求他瞑目而终，世界上我知道他再没有什么要求和愿望了。我仔细地看他的尸体，看他惨白的嘴唇，看他无光而开展的左眼，最后我又注视他左手食指上的象牙戒指；这时候，我的心似乎和沙乐美得到了先知约翰的头颅一样。我一直极庄严神肃地站着，其他的人也是都静悄悄地低头站在后面，宇宙这时是极寂静，极美丽，极惨淡，极悲哀！

梦回寂寂残灯后

　　我真愿在天辛尸前多逗留一会儿，细细地默志他最后的容颜。我看看他，我又低头想想，想在他憔悴苍白的脸上，寻觅他二十余年在人间刻画下的残痕。谁也不知他深夜怎样辗转哀号地死去，死时是清醒，还是昏迷？谁也不知他最后怎样咽下那不忍不愿停息的呼吸，谁也不知他临死还有什么嘱托和言语。他悄悄地死在这冷森黯淡的病室中，只有浅绿的灯光、苍白的粉壁，听见他最后的呻吟，看见他和死神最后战斗的扎挣。

　　当我凝视他时，我想起前一星期在夜的深林中，他抖颤地说："我是生于孤零，死于孤零。"如今他的尸骸周围虽然围了不少哀悼涕泣的人，但是他何尝需要这些呢！即是我这颗心的祭献，在此时只是我自己忏悔的表示，对于魂去渺茫的他又有何补益？记得一九二四年九月二十二日他由沪去广州的船上，有一封信说到我的矛盾，是：

　　　　你中秋前一日的信，我于上船前一日接到。此信你说可以做我唯一知己的朋友。前于此的一信又说我们可以做以事业度过这一生的同志。你只会答复人家不需要的答复，你只会与人家订不需要的约束。

　　　　你明白地告诉我之后，我并不感到这消息的突兀，我只觉心中万分凄怆！我一边难过的是：世上只有吮血的人们是反对我们的，何以我唯一敬爱的人也不能同情于我们？我一边又替我自己难过，我已将一个心整个交给伊，何以事业上又不能使伊顺意？我是有两个世界的：一个世界一切都是属于你的，我是连灵魂都永禁的俘虏；在另一个世界里，我是不属于你，更不属于我自己，我只是历史使命的走卒。假使我要为自己打算，我可以去做禄蠹了，你不是也不希望我这样做吗？你不满意于我的事业，却万分恳切地劝勉我努力此种事业；让我再不忆起你让步于吮血世界的结论，只悠久地钦佩你牺牲自己而鼓舞别人的义侠精神！

我何尝不知道：我是南北飘零，生活日在风波之中，我何忍使你同入此不安之状态；所以我决定：你的所愿，我将赴汤蹈火以求之，你的所不愿，我将赴汤蹈火以阻之。不能这样，我怎能说是爱你！从此我决心为我的事业奋斗，就这样飘零孤独度此一生，人生数十寒暑，死期忽忽即至，奚必坚执情感以为是。你不要以为对不起我，更不要为我伤心。

这些你都不要奇怪，我们是希望海上没有浪的，它应当平静如镜；可是我们又怎能使海上无浪？从此我已是傀儡生命了，为了你死，亦可以为了你生，你不能为了这样可傲慢一切的情形而愉快吗？我希望你从此愉快，但凡你能愉快，这世上是没有什么可使我悲哀了！

写到这里，我望望海水，海水是那样平静。好吧，我们互相遵守这些，去建筑一个富丽辉煌的生命，不管他生也好，死也好。

这虽然是六个月前的信，但是他的环境和他的意念是不允许他自由的，结果他在六个月后走上他最后的路，他真的在一个深夜悄悄地死去了。

唉！辛！到如今我才认识你这颗迂回宛转的心，然而你为什么不扎挣着去殉你的事业，做一个轰轰烈烈的英雄，你却柔情千缕，吐丝自缚，遗我以余憾长恨在这漠漠荒沙的人间呢？这岂是你所愿？这岂是我所愿吗？当我伫立在你的面前千唤不应时候，你不懊悔吗？在这一刹那，我感到宇宙的空寂，这空寂永远包裹了我的生命；也许这在我以后的生命中，是一种平静空虚的愉快。辛！你是为了完成我这种愉快才毅然地离开我，离开这人间吗？我细细默记他的遗容，我想解答这些疑问，因之，我反而不怎样悲痛了。

终于我要离开他，一步一回首我望着陈列的尸体，咽下许多不能叙说的忧愁。装殓好后，我本想再到棺前看看他，不知谁不赞成地阻止了，我也莫有十分固执地去。

我们从医院前门绕到后门，看见门口停着一副白木棺，旁边站满了北京那些穿团花绿衫的杠夫；我这时的难过真不能形容了，这几步远的一副棺材内，装着的是人天隔绝的我的朋友，从此后连那可以细认的尸体都不能再见了；只有从记忆中心衣底浮出梦里拈花含笑的他，醒后尸体横陈的他。

许多朋友亲戚都立在他棺前，我和菊姐远远地倚着墙，一直望着他白木棺材上，罩了一块红花绿底的绣幕，八个穿团花绿衫的杠夫抬起来，我才和菊姐雇好车送他到法华寺。这已是黄昏时候，他的棺材一步一步经过了许多闹市，出了哈德门向法华寺去。几天前这条道上，我曾伴着他在夕阳时候来此散步，谁也想不到几天后，我伴着他的棺材，又走这一条路。我望着那抬着的棺材，我一点也不相信这里面装着的便是我心中最畏避而终不能逃脱的"死"！

到了法华寺，云弟伴我们走进了佛堂，稍待又让我们到了一间黯淡的僧房里休息。菊姐和晶清两个人扶着我，我在这间幽暗的僧房里低低地啜泣，听见外面杠夫安置棺材的动作和声音时，我心一片一片碎了！辛！从此后你孤魂寂寞，飘游在这古庙深林，也还记得繁华的人间和一切系念你的人吗？

一阵阵风从纸窗缝里吹进，把佛龛前的神灯吹得摇晃不定，我的只影蜷伏在黑暗的墙角，战栗的身体包裹着战栗的心。晶清紧紧握着我冰冷的手，她悄悄地咽着泪。夕阳正照着淡黄的神幌。有十五分钟光景，静弟进来请我出去，我和晶清菊姐走到院里时，迎面看见天辛的两个朋友，他们都用哀怜的目光投射着我。走到一间小屋子的门口，他的棺材停放在里面，前面放着一张方桌，挂着一幅白布蓝花的桌裙，燃着两支红烛，一个铜炉中缭绕着香烟。我是走到他灵前了，我该怎样呢！我听见静弟哭着唤"哥哥"时，我也不自禁地随着他号啕痛哭！唉！这一座古庙里布满了愁云惨雾。

黑暗的幕渐渐低垂，菊姐向晶清说："天晚了我们该回去了。"我听见时更觉伤心，日落了，你的生命和我的生命都随着沉落在一个永久不醒的梦里；今夜月儿照临到这世界时，辛！你只剩了一棺横陈，今夜月儿照临在我身上时，我只觉十年前尘恍如一梦。

静弟送我们到门前，他含泪哽咽着向我们致谢！这时晶清和菊姐都低着头擦泪！我猛抬头看见门外一片松林，晚霞照得鲜红，松林里显露出几个凸堆的坟头。我呆呆地望着。上帝啊！谁也想不到我能以这一副凄凉悲壮的境地，作了我此后生命的背景。我指着向晶清说："你看！"她自然知道我的意思，她抚着我肩说："现在你可以谢谢上帝！"

　　我听见她这句话，似乎得了一种暗示的惊觉，我的悲痛不能再忍了，我靠在一棵松树上望着这晚霞松林，放声痛哭！辛！你到这时该忏悔吧！太忍心了，也太残酷了，你最后赐给我这样悲惨的景象，这样悲惨的景象，深印在我柔弱嫩小的心上；数年来冰雪友谊，到如今只博得隐恨千古，抚棺哀哭！辛！你为什么不流血沙场而死，你为什么不瘐毙狱中而死？却偏要含笑陈尸在玫瑰丛中，任刺针透进了你的心，任鲜血淹埋了你的身，站在你尸前哀悼痛哭你的，不是全国的民众，却是一个别有怀抱、负你深爱的人。辛！你不追悔吗？为了一个幻梦的追逐捕获，你遗弃不顾那另一世界的建设毁灭，轻轻地将生命迅速结束，在你事业尚未成功的时候。到如今，只有诅咒我自己，我是应负重重罪戾对于你的家庭和社会。我抱恨怕我纵有千点泪，也抵不了你一滴血，我用什么才能学识来完成你未竟的事业呢！更何忍再说到我们自己心里的痕迹和环境一切的牵系！

　　我不解你那时柔情似水，为什么不能温暖了我心如铁？

　　在日落后暮云苍茫的归途上，我仿佛是上了车，以后一切知觉便昏迷了。思潮和悲情暂时得能休息，恍惚中是想在缥缈的路上去追唤逝去的前尘呢！这时候我魂去了，只留下一副苍白的面靥和未冷的躯壳卧在菊姐的床上，床前站满了我的和辛的朋友还有医生。

　　这时已午夜三点多钟，冷月正照着纸窗。我醒了，睁开眼看见我是在菊姐床上，一盏残灯黯然地对着我；床四周静悄悄站了许多人，他们见我睁开眼都一齐嚷道："醒了！醒了！"

　　我终于醒了！我遂在这醒了声中，投入另一个幽静、冷漠、孤寂、悲哀的世界里。

一 片 红 叶

这是一个凄风苦雨的深夜。

一切都寂静了，只有雨点落在蕉叶上，淅淅沥沥令人听着心碎。这大概是宇宙的心音吧，它在这人静夜深时候哀哀地泣诉！

窗外缓一阵紧一阵的雨声，听着像战场上金鼓般雄壮，错错落落似鼓桴敲着的迅速，又如风儿吹乱了柳丝般的细雨，只洒湿了几朵含苞未放的黄菊。这时我握着破笔，对着灯光默想，往事的影儿轻轻在我心幕上颤动，我忽然放下破笔，开开抽屉拿出一本红色书皮的日记来，一页一页翻出一片红叶。这是一片鲜艳如玫瑰的红叶，它挟在我这日记本里已经两个月了。往日我为了一种躲避从来不敢看它，因为它是一个灵魂孕育的产儿，同时它又是悲惨命运的纽结。谁能想到薄薄的一片红叶，里面纤织着不可解决的生谜和死谜呢！我已经是泣伏在红叶下的俘虏，但我绝不怨及它，可怜在万千飘落的枫叶里，它衔带了这样不幸的命运。我告诉你们它是怎样来的：

一九二三年十月二十六的夜里，我翻读着一本《莫愁湖志》，有些倦意，遂躺在沙发上假睡；这时白菊正在案头开着，窗纱透进的清风把花香一阵阵吹在我脸上，我微嗅着这花香不知是沉睡，还是微醉！懒松松的似乎有许多回忆的燕儿，飞掠过心海激动着神思的颤动。我正沉恋着逝去的童年之梦，这梦曾产生了金坚玉洁的友情、不可掠夺的铁志；我想到那轻渺渺像云天飞鸿般的前途时，不自禁地微笑了！睁开眼见菊花都低了头，我忽然担心它们的命运，似乎它们已一步一步走近了坟墓，死神已悄悄张着黑翼在那里接引，我的心充满了莫名的悲绪！

大概已是夜里十点钟，小丫头进来递给我一封信，拆开时是一张白纸，拿到手里从里面飘落下一片红叶。"啊！一片红叶！"我不自禁地喊出来。怔愣了半天，用抖颤的手捡起来一看，上边写着两行字：

满山秋色关不住

一片红叶寄相思

天辛采自西山碧云寺十月二十四日

平静的心湖，悄悄被夜风吹皱了，一波一浪汹涌着像狂风统治了的大海。我伏在案上静静地想，马上许多的忧愁集在我的眉峰。我真未料到一个平常的相识，竟对我有这样一番不能抑制的热情。只是我对不住他，我不能受他的红叶。为了我的素志我不能承受它，承受了我怎样安慰他；为了我没有一颗心给他，承受了如何忍欺骗他。我即使不为自己设想，但是我怎能不为他设想。因之我陷入如焚的烦闷里。

在这黑暗阴森的夜幕下，窗下蝙蝠飞掠过的声音，更令我觉着战栗！我揭起窗纱见月华满地，斑驳的树影，死卧在地下不动，特别现出宇宙的清冷和幽静。我遂添了一件夹衣，推开门走到院里，迎面一股清风已将我心胸中一切的烦念吹净。无目的走了几圈后，遂坐在茅亭里看月亮，那凄清皎洁的银辉，令我对世界感到了空寂。坐了一会儿，我回到房里蘸饱了笔，在红叶的反面写了几个字是：

枯萎的花篮不敢承受这鲜红的叶儿。

仍用原来包着的那张白纸包好，写了个信封寄还他。这一朵初开的花蕾，马上让我用手给揉碎了。为了这事他曾感到极度的伤心，但是他并未因我的拒绝而中止。他死之后，我去兰辛那里整理他箱子内的信件，那封信忽然又发现在我眼前！拆开红叶依然，他和我的墨泽都依然在上边，只是中间裂了一道缝，红叶已枯干了。我看见它心中如刀割，虽然我在他生前拒绝了不承受的，在他死后我觉着这一片红叶，就是他生命的象征。

上帝允许我的祈求吧！我生前拒绝了他的我在他死后依然承受他，红叶纵然能去了又来，但是他呢！是永远不能回来了，只剩了这一片志恨千古的红叶，依然无恙地伴着我，当我抖颤地用手捡起它寄给我时的心情，愿永远留在这鲜红的叶里。

象牙戒指

　　记得那是一个枫叶如荼、黄花含笑的深秋天气，我约了晶清去雨华春吃螃蟹。晶清喜欢喝几杯酒，其实并不大量，仅不过想效颦一下诗人名士的狂放。雪白的桌布上陈列着黄赭色的螃蟹，玻璃杯里斟满了玫瑰酒。晶清坐在我的对面，一句话也不说，一杯杯喝着，似乎还未曾浇洒了她心中的块垒。我执着杯望着窗外，驰想到桃花潭畔的母亲。正沉思着忽然眼前现出茫洋的大海，海上漂着一只船，船头站着激昂慷慨，愿血染了头颅誓志为主义努力的英雄！

　　在我神思飞越的时候，晶清已微醉了，她两腮的红采，正照映着天边的晚霞，一双惺忪似初醒时的眼，她注视着我执着酒杯的手，我笑着问她：

　　"晶清！你真醉了吗？为什么总看着我的酒杯呢！"

　　"我不醉，我问你什么时候戴上那个戒指，是谁给你的？"她很郑重地问我。

　　本来是件极微小的事吧！但经她这样正式的质问，反而令我不好开口，我低了头望着杯里血红激溅的美酒，呆呆地不语。晶清似乎看出我的隐衷，她又问我道：

　　"我知道是辛寄给你的吧！不过为什么他偏要给你这样惨白枯冷的东西？"

　　我听了她这几句话后，眼前似乎轻掠过一个黑影，顿时觉着桌上的杯盘都旋转起来，眼光里射出无数的银线。我晕了，晕倒在桌子旁边！晶清急忙跑到我身边扶着我。过了几分钟我神经似乎复原，我抬起头又斟了一杯酒喝了，我向晶清说：

"真的醉了！"

"你不要难受，告诉我你心里的烦恼，今天你一来我就看见你戴了这个戒指，我就想一定有来由，不然你决不戴这些妆饰品的，尤其这样惨白枯冷的东西。波微！你可能允许我脱掉它，我不愿意你戴着它。"

"不能，晶清！我已经戴了它三天了，我已经决定戴着它和我的灵魂同在，原谅我朋友！我不能脱掉它。"

她的脸渐渐变成惨白，失去了那酒后的红采，眼里包含着真诚的同情，令我更感到凄伤！她为谁呢！她确是为了我，为了我一个光华灿烂的命运，轻轻地束在这惨白枯冷的环内。

天已晚了，我遂和晶清回到学校。我把天辛寄来象牙戒指的那封信给她看，信是这样写的：

　　……我虽无力使海上无浪，但是经你正式决定了我们命运之后，我很相信这波涛山立狂风统治了的心海，总有一天风平浪静，不管这是在千百年后，或者就是这握笔的即刻；我们只有候平静来临，死寂来临，假如这是我们所希望的。容易丢去了的，便是兢兢然恋守着的；愿我们的友谊也和双手一样，可以紧紧握着的，也可以轻轻放开。宇宙作如斯观，我们便毫无痛苦，且可与宇宙同在。

　　双十节商团袭击，我手曾受微伤。不知是幸呢还是不幸，流弹洞穿了汽车的玻璃，而我能坐在车里不死！这里我还留着几块碎玻璃，见你时赠你做个纪念。昨天我忽然很早起来跑到店里购了两个象牙戒指；一个大点的我自己戴在手上，一个小的我寄给你，愿你承受了它。或许你不忍吧！再令它如红叶一样的命运。愿我们用"白"来纪念这枯骨般死静的生命……

晶清看完这信以后，她虽未曾再劝我脱掉它，但是她心里很难受，有时很高兴时，她触目我这戒指，会马上令她沉默无语。

这是天辛未来北京前一月的事。

他病在德地医院时，出院那天我曾给他照了一张躺在床上的像，两手抚胸，很明显地便是他右手那个象牙戒指。后来他死在协和医院，尸骸放在冰室里，我走进去看他的时候，第一触目的又是他右手上的象牙戒指。他是戴着它一直走进了坟墓。

最后的一幕

人生骑着灰色马和日月齐驰，在尘落沙飞的时候，除了几点依稀可辨的蹄痕外，遗留下什么？如我这样整天整夜地在车轮上回旋，经过荒野，经过闹市，经过古庙，经过小溪；但那鸿飞一掠的残影又遗留在哪里？在这万象变幻的世界，在这表演一切的人间，我听着哭声笑声歌声琴声，看着老的少的俊的丑的，都感到了疲倦。因之我在众人兴高采烈、沉迷醺醉、花香月圆的时候，常愿悄悄地退出这妃色幕帏的人间，回到我那凄枯冷寂的另一世界。那里有唯一指导我、呼唤我的朋友，是谁呢？便是我认识了的生命。

朋友们！我愿你们仔细咀嚼一下，那盛筵散后，人影零乱、杯盘狼藉的滋味；绮梦醒来，人去楼空、香渺影远的滋味；禁得住你不深深地呼一口气，禁得住你不流泪吗？我自己常怨恨我愚傻——或是聪明，将世界的现在和未来都分析成只有秋风枯叶，只有荒冢白骨；虽然是花开红紫，叶浮碧翠，人当红颜，景当美丽时候。我是愈想超脱、愈自沉溺，愈要撒手、愈自系恋的人，我的烦恼便绞锁在这不能解脱的矛盾中。

今天一个人在深夜走过街头，每家都悄悄紧闭着双扉，就连狗都蜷伏在墙根或是门口酣睡，一切都停止了活动归入死寂。我驱车经过桥梁，望着护城河两岸垂柳、一条碧水，星月灿然照着，景致非常幽静。我想起去年秋天天辛和我站在这里望月，恍如目前的情形而人天已隔，我不自禁的热泪又流到腮上。

"珠！什么时候你的泪才流完呢？"这是他将死的前两天问我的一句话。这时我仿佛余音犹缭绕耳畔，我知他遗憾的不是他的死，却是我的泪！他的坟头在雨后忽然新生了一株秀丽的草，也许那是他的魂，也许那是我泪的结晶！

我最怕星期三，今天偏巧又是天辛死后第十五周的星期三。星期三是我和辛最后一面，他把人间一切的苦痛烦恼都交付给我的一天。唉！上帝！容我在这明月下忏悔吧！十五周前的星期三，我正伏在我那形销骨立枯瘦如柴的朋友床前流泪！他的病我相信能死，但我想到他死时又觉着不会死。可怜我的泪滴在他炽热的胸膛时，他那深凹的眼中也涌出将尽的残泪，他紧嚼着下唇握着我的手抖颤，半天他才说：

"珠！什么时候你的泪才流完呢！"

我听见这话更加哽咽了，哭得抬不起头来，他掉过头去不忍看我，只深深地将头埋在枕下。后来我扶起他来，喂了点橘汁，他睡下后说了声："珠！我谢谢你这数月来的看护……"底下的话他再也说不出来，只瞪着两个凹陷的眼望着我。那时我真觉怕他，浑身都出着冷汗。我的良心似乎已轻轻拨开了云翳，我跪在他病榻前最后向他说："辛，你假如仅仅是承受我的心时，现在我将我这颗心双手献在你面前，我愿它永久用你的鲜血滋养，用你的热泪灌溉。辛，你真的爱我时，我知道你也能完成我的主义，因之我也愿你为了我牺牲，从此后我为了爱独身的，你也为了爱独身。"

他抬起头来紧握住我手说：

"珠！放心。我原谅你，至死我也能了解你，我不原谅时我不会这样缠绵地爱你了。但是，珠！一颗心的颁赐，不是病和死可以换来的，我也不肯用病和死，换你那颗本不愿给的心。我现在并不希望得你的怜恤同情，我只让你知道世界上有我是最敬爱你的，我自己呢，也曾爱过一个值得我敬爱的你。珠！我就是死后，我也是敬爱你的，你放心！"

他说话时很（有）勇气，像对着千万人演说时的气概，我自然不能再说什么话，只默默地低着头垂泪！

这时候一个俄国少年进来，很诚恳地半跪着在他枯蜡似的手背上吻了吻，掉头他向我默望了几眼，辛没有说话只向他惨笑了一下，他向我低低说：

"小姐！我祝福他病愈。"说着戴上帽子匆匆忙忙地去了。这时他的腹部又绞痛得厉害，在床上滚来滚去地呻吟，脸上苍白得可怕。我非常焦急，去叫他弟弟的差人还未见回来，叫人去打电话请兰辛也不见回话，那时我简直呆了，只静静地握着他焦炽如焚的手垂泪！过一会儿弟弟来了，他也莫有和他多说话只告他腹疼得厉害。我坐在椅子上面开开抽屉无聊地乱翻，看见上星期五的他那封家书，我又从头看了一遍。他忽掉头向我说：

"珠！真的我忘记告你了，你把它们拿去好了，省得你再来一次检收。"

我听他话真难受，但怎样也想不到星期五果然去检收他的遗书。他也真忍心在他决定要死的时候，亲口和我说这些诀别的话！那时我总想他在几次大病的心情下，不免要这样想，但未料到这就是最后的一幕了。我告诉静弟送他进院的手续，因为学校下午开校务会我须出席，因之我站在他床前说了声："辛！你不用焦急，我已告诉静弟马上送你到协和去，学校开会我须去一趟，有空我就去看你。"那时我真忍心，也莫有再回头看看他就走了，假如我回头看他时，我一定能看见他对我末次目送的惨景……

啊！这时候由天上轻轻垂下这最后的一幕！

　　他进院之后兰辛打电话给我，说是急性盲肠炎已开肚了。开肚最后的决定，兰辛还有点踌躇，他笑着拿过笔自己签了字，还说："开肚怕什么？你也这样脑筋旧。"兰辛怕我见了他再哭，令他又难过；因之，他说过一两天再来看他。哪知就在兰辛打电话给我的那晚上就死了。

　　死时候莫有一个人在他面前，可想他死时候的悲惨！他虽然莫有什么不放心在这世界上，莫有什么留恋在这世界上；但是假如我在他面前或者兰辛在他面前时，他总可瞑目而终，不至于让他睁着眼等着我们。

父亲的绳衣

"荣枯事过都成梦，忧喜情忘便是禅。"人生本来一梦，在当时兴致勃然，未尝不感到香馥温暖，繁华清丽。至于一枕凄凉、万象皆空的时候，什么是值得喜欢的事情，什么是值得流泪的事情？我们是生在世界上的，只好安于这种生活方程，悄悄地让岁月飞逝过去。消磨着这生命的过程，明知是镜花般不过是一瞥的幻梦，但是我们的情感依然随着遭遇而变迁。为了天辛的死，令我觉悟了从前太认真人生的错误，同时忏悔我受了社会万恶的蒙蔽。死了的明显是天辛的躯壳，死了的惨淡潜隐便是我这颗心，他可诅咒我的残忍，但是我呢，也一样是啮残下的牺牲者啊！

我的生活是陷入矛盾的，天辛常想着只要他走了，我的腐蚀的痛苦即刻可以消逝。这是一个错误的观念，事实上矛盾痛苦是永不能免除的。现在我依然沉陷在这心情下，为了这样矛盾的危险，我的态度自然也变了，有时的行为常令人莫名其妙。

这种意思不仅父亲不了解，就连我自己何尝知道我最后一日的事实；就是近来倏起倏灭的心思，自己每感到奇特惊异。

清明那天我去庙里哭天辛，归途上我忽然想到与父亲和母亲结织一件绳衣。我心里想得太可怜了，可以告诉你们的就是我愿意在这样心情下，做点东西留个将来回忆的纪念。母亲他们穿上这件绳衣时，也可想到他们的女儿结织时的忧郁和伤心！这个悲剧闭幕后的空寂，留给人间的固然很多，这便算埋葬我心的坟墓，在那密织的一丝一缕之中，我已将母亲交付给我的那颗心还她了。

我对于自己造成的厄运绝不诅咒，但是母亲，你们也应当体谅我，当我无力扑到你怀里睡去的时候，你们也不要认为是缺憾吧！

当夜张着黑翼飞来的时候，我在这凄清的灯下坐着。案头放着一个银框，里面刊装着天辛的遗像，像的前面放着一个紫玉的花瓶，瓶里插着几枝玉簪，在花香迷漫中，我默默地低了头织衣；疲倦时我抬起头来望望天辛，心里的感想，我难以写出。深夜里风声掠过时，尘沙向窗上瑟瑟地扑来，凄凄切切似乎鬼在啜泣，似乎鸥鹚的翅儿在战栗！我仍然低了头织着，一直到我伏在案上睡去之后。这样过了七夜，父亲的绳衣成功了。

父亲的信上这样说：

> ……明知道你的心情是如何的恶劣，你的事务又很冗繁，但是你偏在这时候，日夜为我结织这件绳衣，远道寄来，与你父防御春寒。你的意思我自然喜欢，但是想到儿一腔不可宣泄的苦衷时，我焉能不为汝凄然！……

读完这信令我惭愧，纵然我自己命运负我，但是父母并未负我；他们希望于我的，也正是我愿为了他们而努力的。父亲这微笑中的泪珠，真令我良心上受了莫大的责罚，我还有什么奢望呢！我愿暑假快来，我扎挣着这创伤的心神，扑向母亲怀里大哭！我二十年的心头埋没的秘密，在天辛死后，我已整个地跪献在父母座下了。我不忍那可怕的人间隔膜，能阻碍了我们天性的心之交流，使他们永远隐蔽着不知道他们的女儿——不认识他们的女儿。

微 醉 之 后

几次轻掠飘浮过的思绪，都浸在晶莹的泪光中了。何尝不是冷艳的故事、凄哀的悲剧，但是，不幸我是心海中沉沦的溺者，不能有机会看见雪浪和海鸥一瞥中的痕迹。因此心波起伏间，卷埋隐没了的，岂是朋友们认为遗憾；就是自己，永远徘徊寻觅我遗失了的，何尝不感到过去飞逝的云影，宛如彗星一扫的壮丽。

允许我吧！我的命运之神！我愿意捕捉那一波一浪中汹涌浮映出过去的幻梦。固然我不敢奢望有人能领会这断弦哀音，但是我尚有爱怜我的母亲，她自然可以为我滴几点同情之泪吧！朋友们，这是由我破碎心幕底透露出的消息。假使你们还挂念着我。这就是我遗赠你们的礼物。

丁香花开时候，我由远道归来。一个春雨后的黄昏，我去看晶清。推开门时她在碧绸的薄被里蒙着头睡觉，我心猜想她一定是病了。不忍惊醒她，悄悄站在床前；无意中拿起枕畔一本蓝皮书，翻开时从里面落下半幅素笺，上边写着：

> 波微已经走了，她去哪里我是知道而且很放心，不过在这样繁华如碎锦似的春之画里，难免她不为了死的天辛而伤心，为了她自己惨淡悲凄的命运而流泪！
>
> 想到她我心就怦怦地跃动，似乎纱窗外啁啾的小鸟都是在报

告不幸的消息而来。我因此病了，梦中几次看见她，似乎她已由悲苦的心海中踏上那雪银的浪花，翩跹着披了一幅白云的轻纱；后来暴风巨浪袭来，她被海波卷没了，只有那一幅白云般的轻纱飘浮在海面上，一霎时那白纱也不知流到哪里去了。

固然人要笑我痴呆，但是她呢，确乎不如一般聪明人那样理智，从前她是个杀人不眨眼的英雄，如今被天辛的如水柔情，已变成多愁多感的人了。这几天凄风苦雨令我想到她，但音信却偏这般渺茫……

读完后心头觉着凄梗，一种感激的心情，使我终于流泪！但这又何尝不是罪恶，人生在这大海中不过小小的一个泡沫，谁也不值得可怜谁，谁也不值得骄傲谁，天辛走了，不过是时间的早迟，生命上使我多流几点泪痕而已。为什么世间偏有这许多绳子，而且是互相连系着！

她已睁开半开的眼醒来，宛如晨曦照着时梦耶真耶莫辨的情形，瞪视良久，她不说一句话，我抬起头来，握住她手说：

"晶清，我回来了，但你为什么病着？"

她珠泪盈睫，我不忍再看她，把头转过去，望着窗外柳丝上挂着的斜阳而默想。后来我扶她起来，同到栉沐室去梳洗，我要她挣扎起来伴我去喝酒。信步走到游廊，柳丝中露出三年前月夜徘徊的葡萄架，那里有芳薇的箫声，有云妹的倩影，明显映在心上的，是天辛由欧洲归来初次看我的情形。那时我是碧茵草地上活泼跳跃的白兔，天真娇憨的面靥上，泛映着幸福的微笑！三年之后，我依然徘徊在这里，纵然浓绿花香的图画里，使我感到的比废墟野冢还要凄悲！上帝啊！这时候我确乎认识了我自己。

韵妹由课堂下来，她拉我又回到寝室，晶清已梳洗完正在窗前换衣服，她说：

"波微！你不是要去喝酒吗？萍适才打电话来，他给你已预备下接风宴，去吧！对酒当歌，人生几何，去吧，乘着丁香花开时候。"

风在窗外怒吼着，似乎有万骑踏过沙场，全数冲杀的雄壮；又似乎海边孤舟，随狂飙扎挣呼号的声音，一声声的哀惨。但是我一切都不管，高擎着玉杯，里边满斟着红艳艳的美酒，她正在诱惑我，像一个绯衣美女轻掠过骑上马前的心情一样的诱惑我。我愿永久这样陶醉，不要有醒的时候，把我一切烦恼都装在这小小杯里，让它随着那甘甜的玫瑰露流到我那创伤的心里。

在这盛筵上我想到和天辛的许多聚会畅饮。

晶清挽着袖子，站着给我斟酒；萍呢！他确乎很聪明，常常望着晶清，暗示她不要再给我斟，但是已晚了，饭还未吃我就晕在沙发上了。

我并莫有痛哭，依然晕厥过去有一点多钟之久。醒来时晶清扶着我，我不能再忍了，伏在她手腕上哭了！这时候屋里充满了悲哀，萍和琼都很难受地站在桌边望着我。这是天辛死后我第六次的昏厥，我依然和昔日一样能在梦境中醒来。

灯光辉煌下，每人的脸上都泛映着红霞，眼里莹莹转动的都是泪珠，玉杯里还有半盏残酒，桌上狼藉的杯盘，似乎告诉我这便是盛筵散后的收获。

大家望着我都不知应说什么。我微抬起眼帘，向萍说：

"原谅我，微醉之后。"

醒后的惆怅

　　深夜梦回的枕上，我常闻到一种飘浮的清香，不是冷艳的梅香，不是清馨的兰香，不是金炉里的檀香，更不是野外雨后的草香。不知它来自何处，去至何方？它们伴着皎月游云而来，随着冷风凄雨而来，无可比拟，凄迷辗转之中，认它为一缕愁丝，认它为几束恋感，是这般悲壮而缠绵。世界既这般空寂，何必追求物象的因果。

　　　　汝负我命，我还汝债，以是因缘，经百千劫常在生死。汝爱我心，

　　我爱汝色，以是因缘，经百千劫需在缠缚。

—— 楞严经

　　寂灭的世界里，无大地山河，无恋爱生死，此身既属臭皮囊，此心又何尝有物，因此我常想毁灭生命，锢禁心灵。至少把过去埋了，埋在那苍茫的海心，埋在那崇峻的山峰；在人间永不波荡，永不飘飞；但是失败了，仅仅这一念之差，铸塑成这般罪恶。

　　当我在长夜漫漫、转侧呜咽之中，我常幻想着那云烟一般的往事，我感到梗酸，轻轻来吻我的是这腔无处挥洒的血泪。

　　我不能让生命寂灭，更无力制止她的心波澎湃，想到时总觉对不住母亲，离开她五年把自己摧残到这般枯悴。要写什么呢？生命已消逝得飞掠去了，

笔尖逃逸的思绪，何曾是纸上留下的痕迹。母亲！这些话假如你已了解时，我又何必再写呢！只恨这是埋在我心冢里的，在我将要放在玉棺时，把这束心的挥抹请母亲过目。

天辛死以后，我在他尸身前祷告时，一个令我绻恋的梦醒了！我爱梦，我喜欢梦，她是浓雾里阑珊的花枝，她是雪纱轻笼了苹果脸的少女，她如沧海飞溅的浪花，她如归鸿云天里一闪的翅影。因为她既不可捉摸，又不容凝视，那轻渺渺游丝般梦痕，比一切都使人醺醉而迷惘。

诗是可以写在纸上的，画是可以绘在纸上的，而梦呢，永远留在我心里。母亲！假如你正在寂寞时候，我告诉你几个奇异的梦。

我沉沦在苦忆中

——遗稿之一

我回来又去了彭小姐家一次，满天星斗中归来，我想起了君宇！

回来并不曾做稿，翻书箱找出若干旧稿不但可用而且还是好的稿子，我喜欢极了！你也该喜欢吧，朋友！不只这期，许多期的论文都有了。不过我又翻出旧信来，看见 F 君从前写给我美丽的各色的许多信时，我才知道他如今是变了，不是我变，是他变了，变成了可怕的虚伪的敷衍。看见 C 君许多天真可爱的小信，令我热烈地想念他，我多时未看见他那沉默而黄白的脸了，我真想到他一种令人不能忘的印象。看见萍的信，我觉得人间的可怕和人情的不可靠，别人信我未看，露沙的信都拣出来了，没有看。总之，在这些旧信中令我感到一种悼亡的伤感！唉！什么都过去了，往日如梦！想到你——朋友，你也是我朋友中之一，将来，或者你给予我的印象，大概也是这浅青色的几封信吧！梦醒后我所追求得到的，所遗给我的大概也仅仅是这点东西吧！她帮助我想起一切的往事的，大概也是她们吧！世事人情，我真看透了，当时未尝不认真，过后呢，才不过是那么回事呢！可恨可怕的人心，我诅咒他，我怨恨他！

我又找出君宇初死时我给乃贤的信，披展开时，朋友！我真觉又冷森，又抖战，那零乱的字痕上，满染着泪迹，模糊中系埋着多少尸骸一样的可怕！我要寄给你看，怕伤你心，我不寄了，总之我的泪迹你也见了不少了。

　　大概我们都高兴吧！今天灯光炉火下，双立着印在墙上的人影。假如我是有颗完整心的人时，那是多么快活呢，一对无虑的小儿女。但是，朋友！人间是只有缺陷的，所以我们立在那种神秘恬静的灯火下，只是一对负伤的小鸟，互相呈露出自己的悲怆在默默无语中，在这样如画如诗的环境中，我们只为了这环境，更增我们宇宙缺陷之感！我那样心情下，第一令我难受的便是君宇了，我每次在一种静的环境中对着你朋友时我总想到君宇。真对不住你，而且也有点唐突你，我几次想喊你作"君宇"，当我看是朋友你的脸时，我自己苦笑了，今天我几次的笑都是笑我这样可怜的心呢！朋友！我真想他，假如他现在能如朋友你一样这样活活泼泼和我玩，我愿我马上死了都可以，不过，不能了，他是死了，谁都说他是死了两年之久了。然而，天啊！为什么他不能在我心头死去呢？朋友！我今夜心海汹涌极了，我想死了的宇，我想到了母亲，我又想到这漂泊无人管的自己。这是十五年除夕之夜，然而朋友啊！我只沉沦在这样苦忆中而瞠目向天作无声之泣！

　　朋友！这是最后一张了，我不自禁觉得万分悲怆！朋友！在这个信纸期中，我们是已经醒了多少次梦了，不过，朋友你和我的梦尚未全醒，但是，朋友！你千万不要为了可怜伤心的我这样的朋友而难受而悲怆！我早就不愿我给你印象太深，怕你将来难过，然而我见了你时，我又不能而且不忍压服你和我自己的自然和天真。这样，我自己是时时觉醒着，我只怕你太难过呢！所以你自然不能不为了你可怜的朋友而伤心，不过，你千万不要把自己也卷入伤心的旋涡才好，我真有点怕呢！

　　我啊！认识你以来，大概给予了你的只是悲怆，令你变成了悲哀而失快乐的可怜小孩。我自己呢？自然是一半欢欣，一半悲怆！不过我总笑欢，如今，除了天涯几个知交外，你是可怜我同情我愿给我安慰快乐的一个忠诚的朋友！君宇有灵，他该怎样感谢你啊！你是这样待他遗给人间的梅妹。

这时已一点半了，夜静得真有点冷，有点怕，我要睡了祝君宇来入梦！这最后一天，我不愿睡，我真想直坐到天明，想想这一年中的往事，有多少值得欢欣？有多少值得悲哀？有多少值得诅恨？有多少值得爱恋？

这一夜愿梦神吻着你的笑靥，赐以未来的幸福，和红豆主人的来临！

梅　一九二六年除夕

今夜简直不想睡了，我想理理东西，觉着什么都有点留恋，其实，不是什么都有点留恋，是有点留恋这十五年吧！我又开了手提箱，理了理你的信，今年是有这样厚厚的一束信。

我是惊奇地笑了！

梅　二时半又写

爆竹声中的除夕

这时候是一个最令人缭乱不安的环境，一切都在欢动中颤摇着。离人的心上是深深地厚厚地罩着一层乡愁，无论如何不想家的人，或者简直无家可想的人，他都要猛然感到悲怆，像惊醒一个梦似的叹息着！

在这雪后晴朗的燕市，自然不少漂泊到此的旅客游子，当爆竹声彻夜地在空中振动时，你们心上能不随着它爆发，随着它陨落吗？这时的心怕要和爆竹一样的爆发出满天的火星。而落下时又是那么狼藉零乱，碎成一片一节地散到地上。

八年了，我在北京城里听爆竹声，环境心情虽年年不同，而这种惊魂碎心的声音是永远一样的。记得第一年我在红楼当新生，仿佛是睡在冰冷的寝室床上流泪度过的；不忍听时我曾用双手按着耳朵，把头缩在被里，心里骗自己说："这是一个平常的夜，静静地睡吧！"第二年在一个同乡家里，三四个小时候的老朋友围着火炉畅谈在太原女师时顽皮的往事。笑话中听见爆竹，便似乎想到家里，跪在神龛前替我祝福的母亲。第三年在红楼的教室中写文章，那时我最好，好的是知道用功地读书，而且学得写白话文，不是先前的一味顽皮嘻笑了。不过这一年里，我认识了人间的忧愁。第四年我也是在红楼，陈夕之夜记得是写信，写一封悲凄哀婉的信，还作了四首旧诗。第五年我已出了红楼，住在破庙的东厢，这一年我是多灾多难、多愁多病地过去了。第六年我又到了一个温暖的家庭里寄栖，爱我护我如我自己的家一样；不幸那时宇哥病重，除夕之夜，是心情纷纭、事务繁杂中度过的。第七年我仍是寄居在这个繁花纷披的篱下，然相形之下，我笑靥总掩饰不住啼痕；当一个由远处挣扎飞来的孤燕，栖息在乐园的门里时，她或许是因在银光闪烁的镜里，显出她疮痛遍体的形状更感到凄酸的！况且这一年是命运埋葬我的时候。第八年的除夕，就是今夜了，爆竹声和往年一样飞起而落下，爆发后的强烈火星，和坠落在地上的纸灰余烬也仿佛是一样；就是我这在人生轮下转动的小生命，也觉还是那一套把戏的重映演。

八年了，我仔细回忆觉我自己是庸凡地度过去了，生命的痕迹和历程也只是些琐碎的儿女事。我想找一两件能超出平凡可以记述的事，简直没有！我悔恨自己是这样不长进，多少愿望都被命运的铁锤粉碎，如今扎挣着的只是这已投身到悲苦中奢望做一个悲剧人物的残骸。假使我还能有十年的生命，我愿这十年中完成我的素志，做一个悲剧的主人，在这灰暗而缺乏生命火焰的人间，放射一道惨白的异彩！

我是家庭社会中的闲散人，我肩上负荷的，除了因神经软弱受不住人世的各种践踏欺凌讪讽嘲笑，而感到悲苦外，只是我自己生命的营养和保护。所以我无所谓年关的，在这啼饥号寒的冬夜，腊尽岁残的除夕，可以骄傲人了；因为我能在昏暗的电灯下，温暖的红炉畔，慢慢地回忆过去，仔细听窗外天空中声调不同的爆竹，从这些声音中，我又幻想着一个一个爆竹爆发和陨落的命运，你想，这是何等闲散的兴致？在这除夕之夜不必到会计室门前等着领欠薪，不必在冰天雪地中挟着东西进当铺，不必向亲戚朋友左右张罗，不必愁明天酒肉饭食的有无，这样我应该很欣慰地送旧迎新。然而爆竹声中的心情，似乎又不是那样简单而闲逸，我不知怎样形容，只感到无名的怅惘和辛酸！为了这一声声间断连续的爆竹声，扰乱了我宁静的心潮，那纤细的波浪，一直由官感到了我的灵魂深处，颤动的心弦不知如何理，如何弹？

我想到母亲。

母亲这时候是咽着泪站在神龛前的，她口中呢喃祷告些什么，是替天涯的女儿在祝福吧？是盼望暑假快临她早日归来吧？只有神知道她心深处的悲哀，只有神龛前的红烛，伴着她在落泪！在这一夜，她一定要比平常要想念我。母亲！我不能安慰你在家的孤寂，你不能安慰我漂泊的苦痛，这一线爱牵系着两地相思，我恨人间为何有别离？而我们的隔离又像银河畔的双星，一年一度重相会，暑假一月的团聚恍如天上七夕。母亲，岁去了，你鬓边银丝一定更多了，你思儿的泪，在这八年中或者也枯干了，母亲，我是知道的，你对于我的爱。我虽远离开你，在团圆家筵上少了我；然而我在异乡团贺的筵上，咽着泪高执着酒杯替别人祝福时，母亲，你是在我的心上。

母亲！想起来为什么我离开你，只为了，我想吃一碗用自己心血苦力挣来的饭。仅仅这点小愿望，才把我由你温暖的怀中劫夺出，做这天涯寄迹的旅客，年年除夕之夜，我第一怀念的便是你，我只能由重压的、崎岖的扎挣中，在远方祝福你！

想到母亲，我又想到银须飘拂七十岁的老父，他不仅是我慈爱的父亲，并且是我生平最感戴的知己；我奔波尘海十数年，知道我、认识我、原谅我、了解我的除了父亲外再无一人。他老了，我和璜哥各奔前程，都不能常在他膝前承欢；中原多事，南北征战，反令他脑海中挂念着两头的儿女，惊魂难定！我除了努力做一个父亲所希望所喜欢的女儿外，我真不知怎样安慰他报答他，人生并不仅为了衣食生存？然而，不幸多少幸福快乐都为了衣食生存而捐弃；岂仅是我，这爆竹声中伤离怀故的自然更有人在。

我想倦了娘子关里的双亲时，又想到漂流在海上的晶清，这夜里她驻足在哪里？只有天知道。她是在海上，是在海底，是在天之涯，是在地之角，也只有天知道。她这次南下的命运是凄悲，是欢欣，是顺利，是艰险，也只有天知道。我只在这爆竹声中，静静地求上帝赐给她力量，令她一直扎挣着，扎挣着到一个不能扎挣的时候。还说什么呢！一切都在毁灭捐弃之中，人世既然是这样变得好玩，也只好睁着眼挺着腰一直向前去，到底看看最后的究竟是什么？一切的箭镞都承受，一切的苦恼都咽下，倒了，起来！倒了，起来！一直到血冷体僵不能扎挣为止。

走向前便向前走吧！前边不一定有桃红色的希望；然而人生只是走向前，虽崎岖荆棘明知险途，也只好走向前。渺茫的前途，归宿何处？这岂是我们所知道，也只好付之命运去主持。人生唯其善变，才有这离合悲欢，因之"生"才有意义，有兴趣；我祷告晶清在海上，落日红霞、冷月夜深时，进步觉悟了幻梦无凭，而另画一条战斗的阵线，奋发她厮杀的勇气！

我盼望她在今夜，把过去一切的梦都埋葬了，或者在爆竹声中毁灭焚碎不再遗存；从此用她的聪明才能，发挥到她愿意做的事业上，哪能说她不是我们的英雄？！悲愁乞怜，呻吟求情，岂是我们知识阶级的女子所应为？我们只有焚毁着自己的身体，当后来者光明的火炬！如有一星火花能照耀一块天地时，我们也应努力去工作去寻觅！

黄昏时，我曾打开晶清留给我的小书箱，那一只箱子上剥蚀破碎的痕迹，和她心一样。我检点时忽然一阵心酸，禁不住的热泪滴在她的旧书上。

我呆立在火炉畔，望着灰烬想到绿屋中那夜检收书箱时的她，其惨淡伤心，怕比我对着这寂寞的书箱落泪还要深刻吧！一直搁在我房里四五天了，我都不愿打开它，有时看见总觉刺心，拿到别的房里去我又不忍离它。晶清如果知道它们这样令我难处置时，她一定不愿给我了。

我看见时总想：这只破箱，剥蚀腐毁的和她心一样。

在一个梦的惊醒后，我和她分手了；今夜，这爆竹声中，她在哪里呢？命运真残酷，连我们牵携的弱腕，它都要强行分散，我只盼望我们的手在梦中还是牵携着。

夜已深了，爆竹声还不止。不宁静的心境，和爆竹一样飞起又落下，爆裂成一片一节僵卧在地上。

一九二六年除夕之夜

寄山中的玉薇

夜已深了，我展着书坐在窗前案旁。月儿把我的影映在墙上，哪想到你在深山明月之夜，会记起漂泊在尘沙之梦中的我，远远由电话铃中传来你关怀的问讯时，我该怎样感谢呢，对于你这一番抚慰念注的深情。

你已惊破了我的沉寂，我不能令这心海归于死静；而且当这种骤获宠幸的欣喜中，也难以令我漠然冷然地不起感应；因之，我挂了电话后又想给你写信。

你现在是在松下望月沉思着你凄凉的倦旅之梦吗？是伫立在溪水前，端详那冷静空幻的月影？也许是正站在万峰之巅瞭望灯火莹莹的北京城，在许多黑影下想找我渺小的灵魂？也许你睡在床上静听着松涛水声，回想着故乡往日繁盛的家庭，和如今被冷寂凄凉包围着的母亲？

玉薇！自从那一夜你掬诚告我你的身世后，我才知道世界上有不少这样苦痛可怜而又要扎挣奋斗的我们。更有许多无力扎挣，无力奋斗，屈服在铁蹄下受践踏受凌辱，受人间万般苦痛，而不敢反抗、不敢诅咒的母亲。

我们终于无力不能拯救母亲脱离痛苦，也无力超拔自己免于痛苦，然而我们不能不去扎挣奋斗而思愿望之实现，和一种比较进步的效果之获得。不仅你我吧！在相识的朋友中，处这种环境的似乎很多。每人都系恋着一个孤苦可怜的母亲，她们慈祥温和的微笑中，蕴藏着人间最深最深的忧愁，她们枯老皱纹的面靥上，刻画着人间最苦最苦的残痕。然而她们含辛茹苦柔顺忍耐的精神，绝不是我们这般浅薄颓唐，善于呻吟，善于诅咒，不能吃一点苦，不能受一点屈的女孩儿们所能有。所以我常想：我们固然应该反抗毁灭母亲们所居处的那种恶劣的环境，然而却应师法母亲那种忍耐艰苦的精神，不然，我们的痛苦是愈沦愈深的！

你问我现时在做什么？你问我能不能拟想到你在山中此夜的情况？你问我在这种夜色苍茫、月光皎洁、繁星闪烁的时候我感到什么？最后你是希望得到我的长信，你愿意在我的信中看见人生真实的眼泪。我已猜到了，玉薇！你现时心情一定很纷乱很汹涌，也许是很冷静很凄凉！你想到了我，而且这样地关怀我，我知道你是想在空寂的深山外，得点人间同情的安慰和消息呢！

这时窗角上有一弯明月、几点疏星，人们都转侧在疲倦的梦中去了；只有你醒着，也只有我醒着，虽然你在空寂的深山，我在繁华的城市。这一刹那我并不觉寂寞，虽然我们距离是这样远。

我的心情矛盾极了。有时平静得像古佛旁打坐的老僧，有时奔腾涌动如驰骋沙场的战马，有时是一道流泉，有时是一池冰湖；所以我有时虽然在深山也会感到一种类似城市的嚣杂，在城市又会如在深山一般寂寞呢！我总觉人间物质的环境，同我幻想精神的世界，是两道深固的堑壁。

为了你如今在山里，令我想起西山的夜景。

去年暑假我在卧佛寺住了三天，真是浪漫的生活，不论日夜的在碧峦翠峰之中，看明月看繁星，听松涛，听泉声，镇日夜沉醉在自然环境的摇篮里。

同我去的是梅隐、揆哥，住在那里招待我的是几个最好的朋友，其中一个是和我命运仿佛，似乎也被一种幻想牵系而感到失望的惆怅，但又要隐藏这种惆怅在心底去咀嚼失恋的云弟。

第一夜我和他去玉皇顶，我们睡在柔嫩的草地上等待月亮。远远黑压压一片松林，我们足底山峰下便是一道清泉，因为岩石的冲击，所以泉水激荡出碎玉般的声音。那真是令人忘忧沉醉的调子。我和他静静地等候着月亮，不说一句话，心里都在想着各人的旧梦，其初我们的泪都避讳不让它流下来。过一会儿半弯的明月，姗姗地由淡青的幕中出来，照得一切都显着冷淡凄凉。夜深了，风涛声，流水声，回应在山谷里发出巨大的声音；这时候我和云弟都忍不住了，伏在草里偷偷地咽着泪！我们是被幸福快乐的世界摒弃了的青年，当人们在浓梦中沉睡时候，我们是被抛弃到一个山峰的草地上痛哭！谁知道呢？除了天上的明月和星星。涧下的泉声，和山谷中卷来的风声。

一个黑影摇晃晃地来了，我们以为是惊动了山灵，吓得伏在草里不敢再哭。走近了，喊着我的名字才知道是揆哥，他笑着说："让我把山都找遍了，我以为狼衔了你们去。"

他真像个大人，一只手牵了一个下山来，云弟回了百姓村，我和揆哥回到龙王庙，梅隐见我这样，她叹了口气说："让你出来玩，你也要伤心！"那夜我未曾睡，想了许多许多的往事。

第二夜在香山顶上"看日出"的亭上看月亮，因为有许多人，心情调剂的不能哭了，只觉着热血中有些儿凉意。上了夹道绿荫的长坡，夜中看去除了斑驳的树影外，从树叶中透露下一丝一丝的银光；左右顾盼时，又感到苍黑的深林里，有极深极静的神秘隐藏着。我走得最慢，留在后面看他们向前走的姿势，像追逐捕获什么似的，我笑了！云弟回过头来问我："你为什么笑呢？又走这样慢。""我没有什么追求，所以走慢点。"我有意逗他这样说。

我们走到了亭前，晚风由四面山谷中吹来，舒畅极了！不仅把我的炎热吹去，连我心底的忧愁，也似乎都变成蝴蝶飞向远处去了。可以看见灯光闪烁的北京，可以看见碧云寺尖塔上中山灵前的红旗，更能看见你现在栖息的静宜园。

第三夜我去碧云寺看一个病的朋友。我在寺院中月光下看见了那棵柿树，叶子尚未全红，我在这里徘徊了许久，想无知的柿树不知我留恋凭吊什么吧？这棵树在不同的时间里，不同的人心中，结下相同的因缘。留下一样的足痕和手泽。这真不能不令我赞叹命运安排得奇巧了。

有这三天三夜的浪游，我一想到西山便觉着可爱恋。

玉薇！你呢？也许你虽然住在山中，不能像我这样尽兴地游玩吧？山中古庙钟音，松林残月，涧石泉声，处处都令人神思飞越而超脱，轻飘飘灵魂感到了自由；不像城市生活处处是虚伪，处处是桎梏，灵魂蹐伏于黑暗的囚狱不能解脱。

夜已深了，我神思倦极，搁笔了吧！我要求有一个如意的梦。

一九二六年秋末

绿　　屋

我要谢谢上帝呢，我们能有宁静的今日。

这时我正和清坐在菊花堆满的碧纱窗下，品着淡淡的清茶，焚着浓浓的檀香。我们傲然地感到自己用心血构成小屋的舒适，这足以抵过我们逢到的耻辱和愤怒了。

我默望着纱窗外血红的爬山虎叶子沉思着。我忆起替清搬东西来绿窗的那个黄昏。许多天的黄昏都一样吧，然而这个黄昏特别深画着悲怆之痕。当我负了清的使命坐车去学校时的路上，我便感到异样，因为我是去欢迎空寂，我是去接见许多不敢想象的森严面孔，又担心着怕林素园误会了我，硬叫校警抓出去时的气愤和羞愧。我七年未忘，常在她温暖的怀中蜷伏着的红楼，这次分外冷酷无情。

我抱着这样的心情走进校门，我站在她寝室门前踟蹰了，我不推门进去，我怕惊醒了那凄静的沉寂。我又怕璧姊和秀姊在里边，我不愿逢见她们，见了她们我脆弱的心要抖战地流下泪来，我怎忍独自来拣收这人去后的什物呢！本来清还健在，只不过受林素园的一封"函该生知悉"的信，而驱逐出。不过我来收东西时忽然觉着似乎她是死了的情形。

在门外立了半天，终于鼓着勇气推开了门，幸而好她们都不在，给予我这整个的空寂。三支帐低赤裸，窗外的淡淡的阳光射璧姊的床沿上。清赤裸的木板上堆着她四年在红楼集聚下的物事，它们静静放在那里，我感到和几具僵尸卧着一样。收清拾楚后在这寂静的屋内环视一周，我替清投射这最后留恋的心情。我终于大胆地去办公处见她向她们拿出箱笼去的通行证。

　　允许我忏悔吧！我那时心情太汹涌了，曾将我在心里的怨愤泄露给我们的朋友叔举君。她默默承受了之后，我悔了，我觉不应错怪她。拿了通行证后，我又给璧姊写了个纸条，告诉她，清的东西我已搬去了，有拿错的请她再同清去换，末了我写了"再见"。这"再见"，两字那时和针一样刺着我。

　　莫有人知道，我悄悄独自提着清的小箱走出了校门。是这样走的，极静极静，无人注意的时候我逃出了这昔日令我眷恋、今日令我悲戚的红楼。

　　记得我没有回顾，车到了顺治门铁栏时，我忽然想起四年前我由红楼搬到寄宿校舍的情形，不过那时我是眷恋，如今我是愤恨。

　　进了校场头条北口，便看见弱小的清站在红漆的朱门前，她正在拿着车钱等着我。这次看见她似乎久别乍逢，又似乎噩梦初醒，说不出的一种凄酸压在我的胸上喉头。她也凝视着她那些四年来在红楼伴她书箱而兴起一缕哀感！

　　这夜我十点钟才回来，我和她默默地整理床褥，整理书箱，整理这久已被人欺凌，久已被人践踏，久已无门归处而徘徊于十字街头的心。

　　月色凄寒如水，令我在静冷的归路上，更感到人心上的冰块，或者不是我们的热泪所能融化！人面上的虚伪，或者不是我们的赤心所能转换。我们的世界假如终于是理想的梦，那么这现世终于要遗弃我们的，我们又不能不踽踽地追寻着这不可期待的梦境，这或许是我们心中永远的恶伦之痕吧！

　　这一夜我不知她怎样过去的，在漂泊的枕上，在一个孤清生疏的枕上。

　　如今，她沉默地焚着香，在忏悔祈祷什么我不知道。不过她是应该感谢上帝的，她如今有了这富有诗情富有画意的绿屋，来养息她受创的小灵魂。

一九二六年十月二十日

朝霞映着我的脸

—— 遗稿之二

上了车便如梦一样惊醒了我，睁眼看扰攘的街市上已看不见你们。我是极寂寞地归来；月光冷冰冰地射到我白围巾上，惨白得像我的心。一年之前我也在这样月光下走过。如今，唉！新痕踏在旧痕之上，新泪落到旧泪之上，孤清的梅仍幽灵似的在这地球上极无聊地生存着。明知道人生如梦，万象皆空，然而我痴呆的心有时会糊涂起来，我总想尽方法使我遗弃一切，忘掉一切。不过，事实上适得反比例，在我这颗千疮百洞的心，朋友，你是永也不知道它的。我心幕有朝一日让风吹起你看时，一定要惊吓这样的糜烂和粉碎，二十年来我受了多少悲哀之箭和铁骑的践踏，都在这颗交付无人的小心上。

看见冷清的月儿，和凄寒的晚风吹着，我在兰陵春半醉半醒的酒已随风飞去；才想到我们这半天的梦又到了惊醒的时候。

就是在这种心情下，读你那充满了热诚和同情的信，可以说这是我年来第一次接收朋友投给我的惠敬，我是感激地流下泪来！我应该谢谢上帝特赐我多少个朋友来安慰我这在孤冢畔痛哭的人。

你大概是还不十分知道我从前的生活。我一年之前，是脸上永没有笑容，眼泪永远是含在眼眶里的；一天至少要痛哭几次，病痛时常缠绕着我。如今，我已好了，我能笑，我能许久不病，我能不使朋友们看见我心底的创痛和咽下去的泪，我已好了，朋友！一年前，你不信问问清，便知那时憔悴可怜的梅，绝不是现在这样达观快活的梅。这样，你还有什么不放心？况且有你这样幸福天真可爱的孩子逗我笑，伴我玩，我又哪好意思再不高兴呢，朋友啊！你说是不是？

我今天未接你信以前，你从清处走后，清便告诉我你对我的心，怕我忧伤的心，那时我已觉到难受！为什么我这样的人，要令人可怜和同情呢！因之，我便想到一切，而使我心境不能再勉强欢笑下去。你不觉吗？你再回来时我已变了！到兰陵春我更迷惘，几次我眼里都流出泪来，使我不能把眼闭上。朋友！我到了不能支配自己、节制自己的时候，不仅朋友们看见难过，自己也恨自己的太不强悍。每次清娇憨骄傲地说到萍时，我便咽着泪下去，我是不能在人前骄傲的，我所能骄的，只有陶然亭畔那抔黄土。写到这里，我的泪不自禁地进射出来。朋友啊！这是我深心底永不告人的话，今天大概为了醉，为了你那封充满热诚同情的信，令我在你面前画我心上的口供。然而你不准难受，也不准皱眉头，更不要替我不安。我这样生活，如目下，是很快乐的，是很可自慰的。有朝一日你们都云散各方，遗弃忘掉了我时，我自己也会孤寂地在生或死的路上徘徊。朋友！你不要太为我想吧！我是一切都完了的人，只有我走完我的途径，就回到永久去的地方了。我只祷告预祝弟弟们妹妹们朋友们的桃色的梦的甜蜜吧！大概所谓新生命，就是我从一年前沉郁烦结的生活中，到如今浪漫快活的生活中的获得；我已寻到了，朋友！我还有什么新生命？

"忘掉它"，我愿努力去忘掉它，但到我不能忘掉的时候，朋友！你不要视为缺憾吧！

　　一溜笔，写了这许多，赶快收住。

　　从此我们不提这些话吧！我是愿你们不要知道我夜里是如何过去，我只要你们知道我白天是如何忙碌和快活才好。在幸福如你朋友的面前，我更不愿提及这些不高兴的话，原谅我这一次吧！

　　写到此，不写了。写下去是永不完的。告诉你我一年多了，未曾写给人这样真诚而长的信。这样赤裸地把心拿出来写这长的信，朋友！愿你接收了梅姊今夜为了你信的真诚所挥洒的眼泪！

　　愿人间那些可怕的隔膜误会永远不到我们中间来，因之，我这封信是毫无顾忌、毫无回避地写的，是我感谢这冷酷残忍无情的人间一颗可爱的亮星而写的。昨夜写到这里我睡了，今朝，酒已醒了，便想捺住不投邮，又想何必令你失望呢。朝霞现在映着我的脸，我心里很快活呢！

梅　一九二六年十一月十八日晨

缄情寄向黄泉

我如今是更冷静、更沉默地挟着过去的遗什去走向未来的。我四周有狂风，然而我是掀不起波澜的深潭；我前边有巨涛，然而我是激不出声响的顽石。

颠沛搏斗中我是生命的战士，是极勇敢、极郑重、极严肃地向未来的城垒进攻的战士。我是不断地有新境遇，不断地有新生命的；我是为了真实而奋斗，不是追逐幻象而疲奔的。

知道了我的走向人生的目标。辛，一年来我虽然有不少的哀号和悲忆，你也不须为生的我再抱遗恨和不安。如今我是一道舒畅平静向大海去的奔流；纵然缘途在山峡巨谷中或许发出凄痛的呜咽！那只是积沙岩石旋涡冲击的原因，相信它是会得到平静的，会得到创造真实生命的愉快的，它是一直奔到大海去的。

辛！你的生命虽不幸早被腐蚀而夭逝，不过我也不过分地再悼感你在宇宙间曾存留的幻体。我相信只要我自己生命闪耀存在于宇宙一天，你是和我同在的。辛！你要求于人间的，你希望于我自己的，或许便是这些吧！

深刻的情感是受过长久的理智的熏陶的，是由深谷底潜流中一滴一滴渗透出来的。我是投自己于悲剧中而体验人生的。所以我便牺牲人间一切的虚荣和幸福，在这冷墟上，你的坟墓上，培植我用血泪浇洒的这束野花来装饰点缀我们自己创造下的生命。辛！除了这些我不愿再告你什么，我想你果真有灵，也许赞助我一样的努力。

一年之后，世变境迁，然而我的心是依然这样平静冷寂的，抱持着我理想上的真实而努力。有时我是低泣，有时我是痛哭；低泣，你给予我的死寂；痛哭，你给予我的深爱。然而有时我也很快乐，我也很骄傲。我是睥视世人微微含笑，我们的圣洁的高傲的孤清的生命是巍然峙立于皑皑的云端。

生命的圆满，生命的圆满，有几个懂得生命的圆满？那一般庸愚人的圆满，正是我最避忌恐怖的缺陷。我们的生命是肉体和骨头吗？假如我们的生命是可以毁灭的幻体，那么，辛！我的这颗迂回潜隐的心，也早应随你的幻体而消逝。我如今认识了一个完成的圆满生命是不能消灭，不能丢弃，不能忘记；换句话说，就是永远存在。多少人都希望我毁灭、丢弃、忘记，把我已完成的圆满生命抛去。我终于不能。才知道我们的生命并未死，仍然活着，向前走着，在无限的高处创造建设着。

我相信你的灵魂，你的永远不死的心，你的在我心里永存的生命；是能鼓励我，指示我，安慰我，这孤寂凄清的旅途。我如今是愿挑上这副担子走向遥远的黑暗的，荆棘的生到死的道上。一头我挑着已有的收获，一头我挑着未来的耕耘，这样一步一步走向无穷的。

自你死后，我便认识了自己，更深地了解自己。同时朋友中是贤最知道我，他似乎这样说过：

"她生来是一道大江，你只应疏凿沙石让她舒畅地流入大海，断不可堵塞江口，把水引去点缀帝王之家的宫殿楼台。"

辛！你应该感谢他！他自从由法华寺归路上我晕厥后救护起，一直到我找到了真实生命；他都是启示我，指导我，帮助我，鼓励我。由积沙岩石的旋涡波涌中，把我引上了坦平的海道。如今，我能不怨愤，不悲哀，没有沉重的苦痛永远缠绕的，都是因为我已有了奔流的河床。只要我平静地舒畅地流啊，流啊，流到一个归宿的地方去，绝无一种决堤泛滥之灾来阻挠我。

辛！你应感谢他！你所要在死后希望我要求我努力的前途，都是你忠诚的朋友，他一点一滴地汇聚下伟大的河床，帮助我移我的泉水在上边去奔流，无阻碍奔向大海去的。像我目下这样夜静时的心情，能这样平淡写这封信给你，你也会奇怪我吧！我已不是从前呜咽哀号、颓丧消沉的我；我是沉默深刻，容忍涵蓄一切人间的哀痛，而努力去寻求生命的真确的战士。

我不承认这是自骗的话。因为我的路是这样自然、这样平坦地走去的。放心！你别我一年多，而我能这般去辟一个理想的乐园，也许是你惊奇的吧！

你一定愿意知道一点，关于弟弟的消息，前三天我忽然接到他一封信，他现在是被你们那古旧的家庭囚闭着，所以他已失学一年多了。这种情形，自然你会伤感的，假如你要活着，他绝对不能受这样的苦痛，因为你是能帮助他脱却一切桎梏而创造新生命的。如今他极愤激，和你当日同你家庭暗斗的情形一样。而我也很相信静弟是能觅到他的光明的前途的，或者你所企望的一切事业志愿，他都能给你有圆满地完成。他的信是这样说的：

自别京地回家之后，实望享受几天家庭的乐趣，以慰我一年来感受了的苦痛。谁知我得到的，是无限量的烦恼！

我回来的时候，家中已决定令我废学，及我归后，复屡次向我表示斯旨，我虽竭词解释，亦无济于事。

读姊来信，说那片荒凉的境地，也被践踏蹂躏而不得安静，我更替我黄泉下的哥哥愤激！不料一年来的变迁，竟有如斯其悲惨！

一切境遇，一切遭逢，皆足以使人伤心掉泪！

　　我希望于家庭的，是要借得他来援助完成我的志愿，我的事业；但家庭则不然。他使我远近游学的一点心迹，是希望我猎得一些禄位金钱来光荣祖墓家风。这些事我们青年人看起来，就是头衔金银冠里满身，那也算不了什么稀奇的光荣！我每想到环境的压迫，恒愿一死为快。但是到了死的关头，好像又有许多不忍的观念来掣肘似的。我不愿死，我死固不足惜；但我死而一切该死的人不能竟行死去。我将以此不死的躯骸，向着该死的城垒进攻！

　　我现在的希望已绝，但我仍流连不忍即离去者，实欲冀家庭之能有一时觉悟，如我心愿亦未可定！如或不然，我将决于明年为行期，毅然决然地要离开他，远避他，和他行最后决裂的敬礼。

　　愿你勿为了一切黑暗的、荆棘的环境愁烦！我们从生到死的途径上，就像日的初升；纵然有时被浮云遮蔽，仍然是要继续发光的。

　　我们走向前去吧！我们走向前去吧！环境的阻挠在我们生命的途中，终于是等若浮云。

辛！是残月深更，在一个冷漠枯寂的初冬之夜，我接读静弟这封依稀是你字迹，依稀是你语句的信。久不流的酸泪又到了眶边，我深深地向你遗像叹息！记得静弟未离京时，他曾告过贤以他将来前途的黯淡，他那时便决心要和家庭破裂。是我和贤婉劝他，能用善良的态度去感化而有效时，千万不要和家庭破裂。因为思想的冲突，是环境时代不同的差别之争。应该原谅老年人们的陈腐思想，是一时代中的产物；并不是他对于子女有意对垒似的向你宣战。因之，能辗转委婉去和家庭解释。令他能觉悟到什么是现代青年人应做的工作，自我的警策。令他知道我们青年人，绝对再不能为古旧的家庭或社会做涂饰油彩的机械傀儡。父母年老，假如一旦你的消息泄露，静弟再远走愤去。那你们家庭的惨淡、黑暗、悲痛，定连目下都不如，这也不是你的愿意和静弟的希望吧！所以我一直都系念着静弟，那最后决裂的敬礼。

认识我们，和我们要好的朋友，现在大半都云散四方，去创造追求各个的生命希望去了。只有你的贤哥和我的晶妹，还在这块你埋骨的地方，伴着你。朋友们都离京后，时局也日在幻变，陷入死境，要找寻前两年的那种环境和兴趣已不可得。所以连你坟头都那样凄寂。去年那些小弟弟们，知道你未曾见过你的朋友们，他们都是常常在你的墓畔喝酒野餐、痛哭高歌的。帮助我建碑种树修墓的都是他们。如今，连这个梦也闭幕了。你墓头不再有那样欢欣、那样热闹的聚会了。他们都走向远方去了。

自从那块地方驻兵后，连我都不敢常去。任你墓头变成了牧场，牛马践踏蹂躏了你的墓砖，吃光了环绕你墓的松林，那块白石的墓碑上有了剥蚀的污秽的伤痕。我们不幸在现代做人受欺凌不能安静，连你做鬼的坟茔都要受意外的灾劫；说起来真令人愤激万分。辛！这世界，这世界，四处都是荆棘，四处都是刀兵，四处都是喘息着生和死的呻吟，四处都洒滴着血和泪的遗痕。我是撑着这弱小的身躯，投入在这腥风血雨中搏战着走向前去的战士，直到我倒毙在旅途上为止。

我并不感伤一切既往，我是深谢着你是我生命的盾牌；你是我灵魂的主宰。从此就是自在地流，平静地流，流到大海的一道清泉。辛！一年之后，我在辗转哀吟、流连痛苦之中，我能告诉你的，大概只有这些话。你永久的沉默死寂的灵魂呵！我致献这一篇哀词于你吐血的周年这天。

一九二六年十一月十八日

低头怅望水中月

—— 遗稿之三

开完会已六时余，归路上已是万盏灯火，如昨夜一样。我的心的落寞也如昨夜一样；然而有的是变了，你猜是什么呢！吃完饭我才拆开你信，我吃饭时是默会你信中的句子。读时已和默会的差不多。我已想到你要说的话了，你看我多么聪明！

我最忘记不了昨夜月下的诸景。尤其是我们三人坐在椅上看水中的月亮，你低头微笑听我振动的心音；你又忽然告清我被犀拖去的梦。那时我真是破涕为笑了！朋友！你真是天真烂漫的好玩。你的洁白光明，是和高悬天边的月一样。我愿祝你，朋友，永远保有你这可爱的童性。一度一度生日这夜都记着我们这偶然的聚会，偶然的留迹。

朋友！你热诚的希望和劝导，我只咽泪感谢！同时我要掏出碎心向你请求，愿你不要介意我的追忆和心底的悲哀，那是出自一个深长的惨痛的梦里，我不能忘这梦，和我不能忘掉生命一样。我在北京城里，处处都有我们的痕迹，因之我处处都用泪眼来凭吊，碎心来抚摩。这在我是一种最可爱可傲又艳又哀的回忆，在别人，如你的心中或者感受到这是我绝大的痛苦吧！其实我并不痛苦，痛苦的或者还是你们这些正在做爱或已尝爱味的少爷小姐，如清如你。我再虔诚向你朋友请求，你不要为了我的伤痕，你因之也感到悲哀！

朋友！我过去我抱吻着旧梦，我未来我寻求生命的真实和安定，我是人间最幸福的人。朋友！你应该放心，你应该放心。

你所指示的例子，确实应该如斯释注。不过，我告诉你朋友，理智有时是不能支配感情。不信，留你自己体验吧！

我如今，还羡慕你的生日是这样美丽，神秘，幽雅，甜蜜。假使明年那天我已不能共你度此一日，愿你，愿你，记得依你肩头怅望水中月的姊姊。愿你，愿你，记得影双履齐，归途上默咽酸泪的姊姊。愿你，愿你，记得松林下并立远望午门黑影的姊姊。

我过去有多少可念可爱的梦，而昨夜是新刊下的印痕，我是为了追求这些梦生，为了追求这些梦死的人，我自然永忆此梦而终。

今天我说错了一句话，你马上的脸色变成那样苍白，我真惊，不过我也不便声张；所以我一直咽下去。后来你二次回来时，已好些了，不过我已看出你，今天居然仍会咽下悲切假装笑脸的本事了！我们认识后，我是得了你不少的笑和喜欢。我也愿我不要给忧愁与你；你不要为了清知道人生，为了我识得愁。此后再不准那样难过才好，允许了我，朋友！清那样难过，我真无法想。我还是懦弱不能在她所需要的事上帮助她。因之我为她哭，我为了恨萍哭！写得多了，再谈吧。

梅　一九二六年十一月二十二日夜中

狂风暴雨之夜

　　该记得吧！泰戈尔到北京在城南公园雩坛见我们的那一天，那一天是一九二四年四月二十八号的下午，就是那夜我接到父亲的信，寥寥数语中，告诉我说道周死了！当时我无甚悲伤，只是半惊半疑地沉思着。第二天我才觉到难过，令我什么事都不能做。她那活泼的情影，总是在我眼底心头缭绕着。第三天便从学校扶病回来，头疼吐血，遍体发现许多红斑，据医生说是猩红热。

　　我那时住在寄宿舍里院的一间破书斋，房门口有株大槐树，还有一个长满茅草荒废倾斜的古亭。有月亮的时候，这里别有一种描画不出的幽景。不幸扎挣在旅途上的我，便倒卧在这荒斋中，一直病了四十多天。在这冷酷、黯淡、凄伤、荒凉的环境中，我在异乡漂泊的病榻上，默咽着人间一杯一杯的苦酒。那时我很愿因此病而撒手，去追踪我爱的道周。在病危时，连最后寄给家里、寄给朋友的遗书，都预备好放在枕边。病中有时晕迷，有时清醒，清醒时便想到许多人间的纠结；已记不清楚了，似乎那令我病的原因，并不仅仅是道周的死。

　　在这里看护我的起初有小苹，她赴沪后，只剩了一个女仆，幸好她对我很忠诚，像母亲一样抚慰我，招呼我。来看我的是晶清和天辛。自然还有许多别的朋友和同乡。病重的那几天，我每天要服三次药；有几次夜深了天辛跑到极远的街上去给我配药。在病中，像我这只身飘零在异乡的人，举目无亲，无人照管；能有这样忠诚的女仆，热心的朋友，真令我感激涕零了！虽然，我对于天辛还是旧日态度，我并不因感激他而增加我们的了解，消除了我们固有的隔膜。

有一天我病得很厉害，晕迷了三个钟头未曾醒，女仆打电话把天辛找来。那时正是黄昏时候，院里屋里都罩着一层淡灰的黑幕，沉寂中更显得凄凉，更显得惨淡。我醒来，睁开眼，天辛跪在我的床前，双手握着我的手，垂他的头在床沿；我只看见他散乱的头发，我只觉他的热泪濡湿了我的手背。女仆手中执着一盏半明半暗的烛，照出她那悲愁恐惧的面庞站在我的床前，这时候，我才认识了真实的同情，不自禁的眼泪流到枕上。我掉转脸来，扶起天辛的头，我向他说："辛！你不要难受，我不会这容易就死去。"自从这一天，我忽然觉得天辛命运的悲惨和可怜，已是由他自己的祭献而交付与上帝，这哪能是我弱小的力量所能挽回。因此，我更害怕，我更回避，我是万不能承受他这颗不应给我而偏给我的心。

正这时候，他们这般人，不知怎样惹怒了一位国内的大军阀，下了密令指明逮捕他们，天辛也是其中之一。因为我病，这事他并未先告我，我二十余天不看报，自然也得不到消息。

有一夜，我扎挣起来在灯下给家里写信，告诉母亲我曾有过点小病如今已好的消息。这时窗外正吹着狂风，震撼得这荒斋像大海汹涌中的小舟。树林里发出极响的啸声，我恐怖极了，想象着一切可怕的景象，觉着院外古亭里有无数的骷髅在狂风中舞蹈。少时，又增了许多点滴的声音，窗纸显出豆大的湿痕。我感到微寒，加了一件衣服，我想把这封信无论如何要写完。

抬头看钟正指到八点半。忽然听见沉重的履声和说话声，我惊奇地喊

女仆。她推门进来，后边还跟着一个男子，我生气地责骂她，是谁何不通
知就便引进来。她笑着说是"天辛先生"，我站起来细看，真是他，不过
他是化装了，简直认不出是谁。我问他为什么装这样子，而且这时候狂风
暴雨中跑来。他只苦笑着不理我。

半天他才告我杏坛已捕去了数人，他的住处现尚有游警队在等候着他。
今夜是他冒了大险特别化装来告别我，今晚十一时他即乘火车逃逸。我病中
骤然听见这消息，自然觉得突兀，而且这样狂风暴雨之夜，又来了这样奇异
的来客。当时我心里很战栗恐怖，我的脸变成了苍白！他见我这样，竟强
做出镇静的微笑，劝我不要怕，没要紧，他就是被捕去坐牢狱他也是不怕的，
假如他怕就不做这项事业。

他要我珍重保养初痊的病体，并把我吃的西药的药单留给我自己去配。
他又告我这次想乘机回家看看母亲，并解决他本身的纠葛。他的心很苦，
他屡次想说点要令我了解他的话，但他总因我的冷淡而中止。他只是低了
头叹气，我只是低了头咽泪，狂风暴雨中我和他是死一样的沉寂。

到了九点半，他站起身要走，我留他多坐坐。他由日记本中写了一个
Bovia 递给我，他说我们以后通信因检查关系，我们彼此都另呼个名字；这
个名字我最爱，所以赠给你，愿你永远保存着它。这时我强咽着泪，送他
出了屋门，他几次阻拦我病后的身躯要禁风雨，不准我出去；我只送他到
了外间。我们都说了一句前途珍重努力的话，我一直望着他的顾影在黑暗
的狂风暴雨中消失。

我大概不免受点风寒又病了一星期才起床。后来他来信，说到石家庄
便病了，因为那夜他披淋了狂风暴雨。

如今，他是寂然地僵卧在野外荒冢。但每届狂风暴雨之夜，我便想起两年前荒斋中奇异的来客。

一九二六年十一月二十五日

我只合独葬荒丘

昨夜英送我归家的路上，他曾说这样料峭的寒风里带着雪意，夜深时一定会下雪的。那时我正瞻望着黑暗的远道，没有答他的话。今晨由梦中醒来，揭起帐子，由窗纱看见丁香枯枝上的雪花，我才知道果然，雪已在梦中悄悄地来到人间了。

窗外的白雪照着玻璃上美丽的冰纹，映着房中熊熊的红炉，我散着头发立在妆台前沉思，这时我由生的活跃的人间，想到死的冷静的黄泉。

这样天气，坐在红炉畔，饮着酽的清茶，吃着花生瓜子栗子一类的零碎，读着喜欢看的书，或和知心的朋友谈话，或默默无语独自想着旧梦，手里织点东西；自然最舒适了。我太矫情！偏是迎着寒风，扑着雪花，向荒郊野外、乱坟茔中独自去徘徊。

我是怎样希望我的生命，建在美的、冷的、静的基础上。因之我爱冬天，尤爱冬天的雪和梅花。如今，往日的绮梦，往日的欢荣，都如落花流水一样逝去，幸好还有一颗僵硬死寂的心，尚能在寒风凄雪里抖战哀泣。于是我抱了这颗尚在抖战、尚在哀号的心，无目的迷惘中走向那一片冰天雪地。

到了西单牌楼扰攘的街市上，白的雪已化成人们脚底污湿的黑泥。我抬头望着模糊中的宣武门，渐渐走近了，我看见白雪遮罩着红墙碧瓦的城楼。门洞里正过着一群送葬的人，许多旗牌执事后面，随着大红缎罩下黑漆的棺材；我知道这里面装着最可哀最可怕的"死"！棺材后是五六辆驴车，几个穿孝服的女人正在轻轻地抽噎着哭泣！这刹那间的街市是静穆严肃，除了奔走的车夫、推小车卖蔬菜的人们外，便是引导牵系着这沉重的悲哀——送葬者的音乐，在这凄风寒雪的清晨颤荡着。

凄苦中我被骆驼项下轻灵灵的铃声唤醒！车已走过了门洞到了桥梁上。我望着两行枯柳夹着的冰雪罩了的护城河。这地方只缺少一个月亮，或者一颗落日便是一幅疏林寒雪。

雪还下着，寒风刮得更紧，我独自驱车去陶然亭。

在车上我想到一九二五年正月初五那天，也是我和天辛在雪后来游陶然亭，是他未死前两个月的事。说起来太伤心，这次是他自己去找墓地。我不忍再言往事，过后他有一封信给我，是这样写的：

珠！昨天是我们去游陶然亭的日子，也是我们历史上值得纪念的日子。我们的历史一半写于荒斋，一半写于医院，我希望将来便完成在这里。珠！你不要忘记了我的嘱托，并将一切经过永远记在心里。

我写在城根雪地上的字，你问我："毁掉吗？"随即提足准备去蹬：我笑着但是十分勉强地说："蹬去吧！"虽然你并未曾真的将它蹬掉，或者永远不会有人去把它蹬掉；可是在你问我之后，我觉着我写的那"心珠"好像正开着的鲜花，忽然从枝头落在地上，而且马上便萎化了！我似乎亲眼看见那两个字于一分钟内，由活体立变成僵尸；当时由不得感到自己命运的悲惨，并有了一种送亡的心绪！所以到后来橘瓣落地，我利其一双成对，故用手杖掘了一个小坑埋入地下，笑说："埋葬了我们吧！"

我当时实在是祷告埋葬了我那种悼亡的悲绪。我愿我不再那样易感，那种悲绪的确是已像橘瓣一样的埋葬了。

我从来信我是顶不成的，可是昨天发现有时你比我还不成。当我们过了葛母墓地往南走的时候，我发觉你有一种悲哀感触，或者因为我当时那些话说得令人太伤心了！唉！想起了"我只合独葬荒丘"的话来，我不由得低着头叹了一口气。你似乎注意全移到我身上来笑着唤："回来吧！"我转眼看你，适才的悲绪已完全消失了。就是这些不知不觉地转移，好像天幕之一角，偶然为急风吹起，使我得以窥见我的宇宙的隐秘，我的心意显着有些醉了。后来吃饭时候，我不过轻微地咳嗽了两下，你就那么着急起来；珠！你知道这些成就得一个世界是怎样伟大吗？你知道这些更使一个心贴伏在爱之渊底吗？

在南下洼我持着线球，你织着绳衣，我们一边走一边说话，太阳加倍放些温热送回我们；我们都感谢那样好的天气，是特为我们出游布置的。吃饭前有一个时候，你低下头织衣，我斜枕着手静静地望着你，那时候我脑际萦绕着一种绮思，我想和你说；但后来你抬起头来看了看我，我没有说什么，只拉着你的手腕紧紧握了一下。这些情形和苏伊士梦境归来一样，我永永远远不忘它们。

命运是我们手中的泥，我们将它团成什么样子，它就得成什么样子；别人不会给我们命运，更不要相信空牌位子前竹签洞中瞎碰出来的黄纸条儿。

我病现已算好哪能会死呢！你不要常那样想。

　　两个月后我的恐怖悲哀实现了他由活体变成僵尸！四个月后他的心愿达到了，我真的把他送到陶然亭畔，葛母墓旁那块他自己指给我的草地上埋葬。

　　我们一切都像预言，自己布下凄凉的景，自己去投入排演。如今天辛算完了这一生，只剩我这漂泊的生命，尚在扎挣颠沛之中，将来的结束，自然是连天辛都不如的悲惨。

　　车过了三门阁，便有一幅最冷静最幽美的图画展在面前，那坚冰寒雪的来侵令我的心更冷更僵连抖战都不能。下了车，在这白茫茫一片无人践踏、无人经过的雪地上伫立不前。假如我要走前一步，白云里便要留下污黑的足痕；并且要揭露许多已经遮掩了的缺陷和恶迹。

　　我低头沉思了半晌，才鼓着勇气踏雪过了小桥，望见挂着银花的芦苇，望见隐约一角红墙的陶然亭，望见高峰突起的黑窑台，望见天辛坟前的白玉碑。我回顾零乱的足印，我深深地忏悔，我是和一切残忍冷酷的人类一样。

　　我真不能描画这个世界的冷静、幽美，我更不能形容我踏入这个世界是如何冷静，如何幽美。这是一幅不能画的画，这是一首不能写的诗，我这样想。一切轻笼着白纱，浅浅的雪遮着一堆一堆凸起的孤坟，遮着多少当年红颜姣美的少女和英姿豪爽的英雄，遮着往日富丽的欢荣，遮着千秋遗迹的情爱，遮着苍松白杨，遮着古庙芦塘，遮着断碣残碑，遮着人们悼亡时遗留在这里的悲哀。

　　洁白凄冷围绕着我，白坟，白碑，白树，白地，低头看我白围巾上却透露出黑的影来。寂静得真不像人间，我这样毫无知觉地走到天辛墓前。我抱着墓碑，低低唤着他的名字，热的泪融化了我身畔的雪，一滴一滴落在雪地，和着我的心音哀泣！天辛！你哪能想到一年之后，你真的埋葬在这里，我真能在这寒风凛冽、雪花飞舞中，来到你坟头上吊你！天辛！我愿你无知，你应该怎样难受呢！怕这迷漫无际的白雪，都要化成潋滟生波的泪湖。

我睁眼四望，要寻觅我们一年前来到这里的遗痕，我真不知，现在是梦，还是过去是梦？天辛！自从你的生命如彗星一闪般陨坠之后，这片黄土便成了你的殡宫，从此后啊！永永远远再看不见你的颀影，再听不见你音乐般的语声！

雪下得更紧了，一片一片落到我的襟肩，一直融化到我心里；我愿雪把我深深地掩埋，深深地掩埋在这若干生命归宿的坟里。寒风吹着，雪花飞着，我像一座石膏人形一样矗立在这荒郊孤冢之前，我昂首向苍白的天宇默祷；这时候我真觉空无所有，亦无所恋，生命的灵焰已渐渐地模糊，忘了母亲，忘了一切爱我怜我同情我的朋友们。

正是我心神宁静得如死去一样的时候，芦塘里忽然飞出一对白鸽，落到一棵松树上；我用哀怜的声音告诉它，告诉它不要轻易泄露了我这悲哀，给我的母亲，和一切爱我怜我同情我的朋友们。

我遍体感到寒冷僵硬，有点抖战了！那边道上走过了一个银须飘拂、道貌巍然的老和尚，一手执着伞，一手执着念珠，慢慢地到这边来。我心里忽然一酸，因为这和尚有几分像我故乡七十岁的老父。他已惊破我的沉寂，我知此地不可再久留，我用手指在雪罩了的石桌上写了"我来了"三个字，我向墓再凝视一度，遂决然地离开这里。

归途上，我来时的足痕已被雪遮住。我空虚的心里，忽然想起天辛在病榻上念茵梦湖：

"死时候啊！死时候，我只合独葬荒丘！"

一九二六年十二月六日

寄海滨故人

一

这时候我的心流沸腾得像红炉里的红焰，一支一支怒射着，我仿佛要烧毁了这宇宙似的；推门站在寒风里吹了一会儿，抬头看见冷月畔的孤星，我忽然想到给你写这封信。

露沙！你听见我这样喊你时，不知你是惊奇还是抖战！假如你在我面前，听了我这样喊你的声音，你一定要扑到我怀中痛哭的。世界上爱你的母亲和涵都死了，知道你同情你可怜你，看你由畸零而走到幸福，由幸福又走到畸零的却是我。露沙！我是盼望着我们最近能见面，我握住你的手，由你饱经忧患的面容上，细认你逝去的生命和啼痕呢！

半年来，我们音信的沉寂，是我有意地隔绝，在这狂风恶浪中扎挣的你，在这痛哭哀泣中辗转的你，我是希望这时你不要想到我，我也勉强要忘记你的。我愿你掩着泪痕望着你这一段生命火焰，由残余而化为灰烬，再从凭吊悼亡这灰烬的哀思里，埋伏另一火种，爆发你将来生命的火焰。这工作不是我能帮助你，也不是一切人所能帮助你，是要你自己在深更闭门暗自呜咽时去沉思，是要你自己在人情炎凉世事幻变中去觉醒，是要你自己披刈荆棘跋涉山川时去寻觅。如今，谢谢上帝，你已经有了新的信念，你已经有了新的生命的火焰，你已经有了新的发现；我除了为你庆慰外，便是一种自私的欣喜，我总觉如今的你可以和我携手了，我们偕行着去走完这生的路程，希望在沿途把我们心胸中的热血烈火尽量地挥洒，尽量地燃烧，"焚毁世界一切不幸者的手铐足镣，扫尽人间一切愁惨的阴霾"。假使不能如意，也愿让热血烈火淹沉烧枯了我们自己。这才不辜负我们认识一场，和这几年我所鼓励你希望你的心，两年前我寄给你信里曾这样说过：

> 你我无端邂逅，无端缔交，上帝的安排，有时原觉多事；我于是常奢望你在锦帷绣幕之中，较量柴米油盐之外，要承继着你从前的希望，努力去做未竟的事业，因之不惮烦厌，在你香梦正酣时，我常督促你的惊醒。不过相信一个人，由青山碧水到了崎岖荆棘的山路，由崎岖荆棘中又到了柳暗花明的村庄，已感到人世的疲倦，在这期内彻悟了的自然又是一种人生。

> 在学校时我看见你激昂慷慨的态度，我曾和婉说你是女儿英雄，有时我逢见你和莹坐在公园茅亭中大嚼时，我曾和婉说你是名士风流。想到《扶桑余影》，当你握着利如宝剑的笔锋，铺着云霞天样的素纸，立在万崖峰头，俯望着千仞飞瀑的华严泷，凝视神往时，原也曾独立苍茫，对着眼底的河山，吹弹出雄壮的悲歌；曾几何时，栉风沐雨的苍松，化作了醺醉阳光的蔷薇。

原谅我，露沙！那时我真不满意你，所以我常要劝你不要消沉，湮灭了你文学的天才和神妙的灵思。不过，你那时不甘雌伏的雄志，已被柔情万缕来纠结，我也常叹息你实有不得已的苦衷。涵的噩耗传来时，我自然为了你可怜的遭遇而痛心，对你此后畸零漂泊的身世更同情，想你经此重创一定能造成一个不可限量的女作家，只要你自己肯努力；但是这仅仅是远方故人对你在心头未灰的一星火烬，奢望你能由悲痛颓丧中自拔超脱，以你自己所受的创痛，所体验的人生，替多少有苦说不出来的朋友们泄泄怨恨，也是我们自己借此忏悔借此寄托的一件善事。万想不到露沙，你已经驰驱赴敌，荷枪实弹地立在阵前了。我真喜欢，你说：

> 朋友！我现在已另找到途径了，我要收纳宇宙间所有的悲哀之泪泉，使注入我的灵海，方能兴风作浪；并且以我灵海中深渊不尽的百流填满这宇宙无底的缺陷。吾友！我所望的太奢吗？但是我绝不以此灰心，只要我能做的时候，总要这样做，就是我的躯壳成灰，倘我的一灵不泯，必不停止地继续我的工作。

我不知你现在心情到底怎样？不过，我相信你心是冷寂宁静的，况且上帝又特赐你那样幽雅辽阔的境地，正宜于一个饱经征战的勇士，退休隐息。你仔细去追忆那似真似梦的人生吧，你沉思也好，你低泣也好，你对着睡了的萱儿微笑也好，我想这样美妙的缺陷，未尝不是宇宙间一种艺术。露沙！原谅我这话说得过分的残忍冷酷吧！

暑假前我和俊因、文菊常常念着你，为了减少你的悲绪，我们都盼望你能北来；不过，露沙！那时候的北京和现在一样，是一座伟大的死城，里边乌烟瘴气，呼吸紧促，一点生气都没有，街市上只看见些活骷髅和迷人眉目的沙尘。教育界更穷苦，更无耻，说起来都令人掩鼻。在现在我们无力建设合理的新社会新环境之前，只好退一步求暂时的维持，你既觉在沪尚好，那你不来这死城里呼吸自然是我最庆欣的事。

这两年来，我在北京看见不少惊心动魄的事，我才知道世界原来是罪恶之薮，置身此中，常常恍非人间，咽下去的眼泪和愤慨不知有多少了，我自然不能具体地告诉你：不过你也许可以体会到吧，这人为刀俎、我为鱼肉的生活。

二

如今，说到我自己了。

说到我自己时，真觉羞愧，也觉悲凄；除了日浸于愁城恨海之外，我依然故我，毫无寸进可述。对家庭对社会，我都是个流浪漂泊的闲人。读了《蔷薇》中《涛语》，你已经知道了。值得令你释念的，便是我已经由积沙岩石的旋涡中，流入了坦平的海道，我只是这样寂然无语的从生之泉流到了死之海；我已不是先前那样呜咽哀号，颓丧沉沦，我如今是沉默深刻，容忍含蓄人间一切的哀痛，努力去寻求真实生命的战士。对于一切的过去，我仍不愿抛弃，不能忘记，我仍想在波涛落处、沙痕灭处，我独自踟蹰徘徊凭吊那逝去的生命，像一个受伤的战士，在月下醒来，望着零乱烬余、人马倒毙的战场而沉思一样。

玉薇说她常愿读到我的信，因为我信中有"人生真实的眼泪"，其实，我是一个不幸的使者，我是一个死的石像，一手执着红艳的酒杯，一手执着锐利的宝剑，这酒杯沉醉了自己又沉醉了别人，这宝剑刺伤了自己又刺伤了别人。这双锋的剑永远插在我心上，鲜血也永远是流在我身边的；不过，露沙！有时我卧在血泊中抚着插在心上的剑柄会微笑的，因为我似乎觉得骄傲！

露沙！让我再说说我们过去的梦吧！

入你心海最深的大概是梅窠吧，那时是柴门半掩、茅草满屋顶的一间荒斋。那里有我们不少浪漫的遗痕，狂笑，高歌，长啸低泣，酒杯伴着诗集。想起来真不像个女孩儿家的行径。你呢，还可加个名士文人自来放浪不羁的头衔；我呢，本来就没有那种豪爽的气魄，但是我随着你亦步亦趋地也学着喝酒吟诗。有一次秋天，我们在白屋中约好去梅窠吃菊花面，你和晶清两个人，吃了我四盆白菊花。她的冷香洁质都由你们的樱唇咽到心底，我私自为伴我一月的白菊庆欣，它能不受风霜的欺凌摧残，而以你们温暖的心房，作埋香殡骨之地。露沙！那时距今已有两年余，不知你心深处的冷香洁质是否还依然存在？

自从搬出梅窠后，我连那条胡同都未敢进去过，听人说已不是往年残颓凄凉的荒斋，如今是朱漆门金扣环的高楼大厦了。从前我们的遗痕豪兴都被压埋在土底，像一个古旧无人知的僵尸或骨殖一样。只有我们在天涯一样漂泊、一样畸零的三个女孩儿，偶然间还可忆起那幅残颓凄凉的旧景，而惊叹已经葬送了的幻梦之无凭。

前几天飞雪中，我在公园社稷台上想起海滨故人中，你们有一次在月光下跳舞的记述。你想我想到什么呢？我忽然想到由美国归来，在中途卧病，沉尸在大海中的瑜，她不是也曾在海滨故人中当过一角吗？这消息传到北京许久了，你大概早已在一星那里知道这件惨剧了。她是多么聪慧伶俐可爱的女郎，然而上帝不愿她在这污浊的人间久滞留，把她由苍碧的海中接引了去。露沙！我不知你如今有没有勇气再读海滨故人？真怅惘，那里边多是些不堪回首的往事。

有时我很盼能忘记了这些系人心魂的往事，不过我为了生活，还不能抛弃了我每天驻息的白屋，不能抛弃，自然便有许多触目伤心的事来袭击我，尤其是你那瘦肩双耸、愁眉深锁的印影，常常在我凝神沉思时涌现到我的眼底。自从得到涵的噩耗后，每次我在深夜醒来，便想到抱着萱儿偷偷流泪的你，也许你的泪都流到萱儿可爱的玫瑰小脸上。可怜她，她不知道在母亲怀里睡眠时，母亲是如何的悲苦凄伤，在她柔嫩的桃腮上便沾染了母亲心碎的泪痕！露沙！我常常这样想到你，也想到如今唯一能寄托你母爱的薇萱。

如今，多少朋友都沉尸海底，埋骨荒丘！他们遗留在人间的不知是什么？他们由人间带走的也不知是什么？只要我们尚有灵思，还能忆起梅窠旧梦；你能远道寄来海滨的消息，安慰我这"踞石崖而参禅"的老僧，我该如何感谢呢！

三

《寄天涯一孤鸿》我已读过了。你是成功了，"读后竟为之流泪，而至于痛哭"！那天是很黯淡的阴天，我在灰尘的十字街头逢见女师大的仪君，她告我《小说月报》最近期有你寄给我的一封信，我问什么题目，她告诉我后我已知道内容了。我心海深处忽然汹涌起惊涛骇浪，令我整个的心身受其拨动而晕厥！那时已近黄昏，雇了车在一种恍惚迷惘中到了商务印书馆。一只手我按着搏跳的心，一只手抖战着接过那本书，我翻见了"寄天涯一孤鸿"六字后，才抱着怆痛的心走出来。这时天幕上罩了黑的影，一重一重地迫近像一个黑色的巨兽；我不能在车上读，只好把你这纸上的心情，握在我抖战的手中温存着。车过顺治门桥梁时，我看着护城河两堤的枯柳，一口一口把我的凄哀咽下去。到了家在灯光下含着泪看完，我又欣慰又伤感，欣慰的是我在这冷酷的人间居然能找到这样热烈的同情，伤感的是我不幸我何幸也能劳你濡泪滴血的笔锋，来替我宣泄积闷。

那一夜我是又回复到去年此日的心境。我在灯光下把你寄我的信反复再读，我真不知泪从何来，把你那四页纸都染遍了湿痕，露沙！露沙！你一个字一个字上边都有我碎心落泪的遗迹。你该胜利地一笑吧！为了你这封在别人视为平淡在我视为箭镞的信，我一年来勉强扎挣起来的心灵身躯，都被你一字一字打倒，我又躺在床上掩被痛哭！一直哭到窗外风停云霁、朝霞照临，我才换上笑靥走出这冷森的小屋，又混入那可怕的人间。露沙！从那天直到如今，我心里总是深画着怆痛，我愿把这凄痛寄在这封信里，愿你接受了去，伴你孤清时的怀忆。

许久未痛哭了，今年暑假由山城离开母亲重登漂泊之途时，我在石家庄正太饭店曾睡在梅隐的怀里痛哭了一场。因为我不能而且不忍把我的悲哀露了，重伤我年高双亲的心；所以我不能把眼泪流在他们面前，我走到中途停息时才能尽量大哭。梅隐她也是漂泊归来又去漂泊的人，自然也尝了不少的人世滋味，那夜我俩相伴着哭到天明。不幸到北京时，我就病了。半年来我这是第二次痛哭，读完你寄天涯一孤鸿的信。

我总想这一瞥如梦的人生，能笑时便笑，想哭时便哭；我们在坎坷的人生道上，大概可哭的事比可笑的事多，所以我们的泪泉不会枯干。你来信说自涵死你痛哭后，未曾再哭，我不知怎样有这个奢望，我觉你读了我这封信时你不能全忘情吧？！

这些话可以说都是前尘了，现在我心又回到死寂冷静，对一切不易兴感；很想合着眼摸索一条坦平大道，卜卜我将来的命运呢！你释念吧，露沙！我如今不令过分的凄哀伤及我身体的。

晶清或将在最近期内赴沪，我告她到沪时去看你，你见了她梅窠中相逢的故人，也和见了我一样；而且她的受伤，她的畸零，也同我们一样。请你好好抚慰她那跋涉崎岖惊颤之心，我在京漂泊详状她可告你。这或者是你欢迎的好消息吧？！

这又是一个冬夜，狂风在窗外怒吼，卷着尘沙扑着我的窗纱像一个猛兽的来袭，我惊惧着执了破笔写这沥血滴泪的心痕给你。露沙！你呢？也许是在睁着枯眼遥望银河畔的孤星而咽泪，也许是拥抱着可爱的萱儿在沉睡。这时候啊！露沙！是我写信的时候。

一九二六年十二月二十五日圣诞节夜

雪　夜

　　北京城落了这样大这样厚的雪，我也没有兴趣和机缘出去鉴赏，我只在绿屋给受伤倒卧的朋友煮药煎茶。寂静的黄昏，窗外飞舞着雪花，一阵紧似一阵，低垂的帐帷中传出的苦痛呻吟，一声惨似一声！我黑暗中坐在火炉畔，望着药壶的蒸汽而沉思。

　　如抽乱丝般的脑海里，令我想到关乎许多雪的事，和关乎许多病友的事，绞思着陷入了一种不堪说的情状；推开门我看着雪，又回来揭起帐门看看病友，我真不知心境为什么这样不安定而彷徨。我该诅咒谁呢？是世界还是人类？我望着美丽的雪花，我赞美这世界，然而回头听见病友的呻吟时，我又诅咒这世界。我们都是负着创痛倒了又扎挣，倒了又扎挣，失败中还希冀胜利的战士，这世界虽冷酷无情，然而我们还奢望用我们的热情去温暖，这世界虽残毒狠辣，而我们总祷告用我们的善良心灵去改换。如今，我们在战线上又受了重创，我们微小的力量，只赚来这无限的忧伤！何时是我们重新扎挣的时候，何时是我们战胜凯旋的时候？我只向熊熊的火炉祷祝它给予我们以力量，使这一剂药能医治我病友霍然使她能驰驱赴敌再扫阴霾！

　　黄昏去了，夜又来临，这时候瑛弟踏雪来看病友，为了人间的烦恼，令他天真烂漫的面靥上，也重重地罩了愁容，这真是不幸的事，不过我相信一个人的生存，只是和苦痛搏战，这同时也在一件极平淡而庸常无奇的事吧！我又何必替众生来忏悔？

给她吃了药后，我才离开绿屋，离开时我曾想到她这一夜辗转哀泣的呻吟，明天朝霞照临时她惨白的面靥一定又瘦削了不少！爱怜，同情，我真不愿再提到了，罪恶和创痛何尝不是基于这些好听的名词，我不敢诅咒人类，然而我又何能轻信人类……所以我在这种情境中，绝不敢以这些好听的名词来市恩于我的病友；我只求赐她以愚钝，因为愚钝的人，或者是幸福的人，然而天又赋她以伶俐聪慧以自戕残。

出了绿屋我徘徊在静白的十字街头了，这粉妆玉琢的街市，是多么幽美清冷值得人鉴赏和赞美！这时候我想到荒凉冷静的陶然亭，伟大庄严的天安门，萧疏辽阔的什刹海，富丽娇小的公园，幽雅闲散的北海，就是这热闹多忙的十字街头，也另有一种雪后的幽韵，镇天被灰尘泥土蔽蒙了的北京，我落魄在这里许多年，四周只有层层黑暗的网罗束缚着，重重罪恶的铁闸紧压着，空气里那样干燥，生活里那样枯涩，心境里那样苦闷，更何必再提到金迷沉醉的大厦外，啼饥号寒的呻吟。然而我终于在这般梦中惊醒，睁眼看见了这样幽美神妙的世界，我只为了一层转瞬即消逝的雪幕而感到欣慰，由欣慰中我又发现了许多年未有的惊叹，纵然是只如磷火在黑暗中细微的闪烁，然而我也认识了宇宙尚有这一刹那的改换和遮蔽，我希望，我愿一切的人情世事都有这样刹那的发现，改正我这对世界浮薄的评判。

过顺治门桥梁时，一片白雪，隐约中望见如云如雾两行挂着雪花的枯树枝和平坦洁白的河面。这时已夜深了，路上行人稀少，远远只听见犬吠的声音和悠远清灵的钟声。沙沙地我足下践踏着在电灯下闪闪银光的白雪直觉到恍非人间世界。城墙上参差的砖缘，被罩着一层一层的白雪，抬头望：又看见城楼上粉饰的雪顶和挂悬下垂的流苏。底下显出一个深黑的洞，远望见似乎是个不堪设想的一个恐怖之洞门。我立在这寂静的空洞中往返回顾而踟蹰，我真想不到扰攘拥挤的街市上，也有这样沉寂冷静时候。

过了宣武门洞，一片白地上，远远望见万盏灯火、人影蠕动的单牌楼，真美，雪遮掩了一切污浊和丑恶。在这里是十字街头了，朋友们，不少和我一样爱好雪的朋友们，你们在这清白皎洁的雪光下，映出来的影子，践踏下的足踪，是怎么光明和伟大！今夜我投身到这白茫茫的雪镜中，我只照见了自己的渺小和阴暗，身心的四周何尝能如雪的透明纯洁；因为雪才反映出我自己的黑暗和污浊，我认识自己只是一个和罪恶的人类一样的影子，我又哪能以轻薄的心理去责备人类和这本来不清明的世界呢！朋友！我知所忏悔了！

爱恋着雪夜，爱恋着这刹那的雪景，我虽然因夜深不能去陶然亭、什刹海、北海、公园，然而我禁不住自己的意志，我的足踪忽然走向天安门，过西安门饭店的门前时，看见停着的几辆汽车，上边都是白雪，四轮深陷在雪里，黑暗的车厢中有蜷伏着的人影，高耸的洋楼在夜的云霄中扑迎着雪花，一盏盏的半暗的电灯下照出门前零乱的足痕，我忽然想起《赖婚》中的一幕来，这门前有几分像呢！

走向前，走向前，叮叮当当的电车过去了，我只望着它车轮底的火花微笑！我骄傲，我是冒着雪花走向前去的，我未曾借助于什么而达到我的目的，我只是走向前，走向前。

进了西长安街的大森林，我远远看见天边四周都显着浅红，疏疏的枝丫上堆着雪花，风过处纷纷地飞落下来，和我的眼泪滴在这地上一样。过这森林时我抱着沉重的怆痛，我虽然能忆起往日和君宇走过时的足踪在哪里，但我又怎敢想到城南一角黄土下已埋葬了两年的君宇，如今连梦都无。

过了三门洞，啊！这伟大庄严的天安门，只有白，只有白，只有白，漫天漫地一片皆白，我一步一步像拜佛的虔诚般走到了白石桥梁下，石狮龙柱之前，我抬头望着红墙碧瓦巍然高耸的天安门，我怪想着往日帝皇的尊严，和这故宫中遗留下的荒凉。踏上了无人践踏的石桥，立在桥上远望灯光明灭的正阳门，我傲然立了多时，我觉着心境逐渐地冷静沉默，至于无所兴感这又是我的世界，这如梦似真的艺术化的世界。下了桥我又一直向前去，那新栽的小松上，满缀了如流苏似的雪花，一列一列远望去好像撑着白裙的舞女。前面有一盏光明的灯照着，我向前去了几步，似乎到了中山先生铜像基础旁便折回来。灯光雪光照映在我面上，我时我觉心地很洁白纯真，毫无荫翳遮蔽，因为我已不是在这世界上，我脱了一切人间的衣裳，至少我也是初来到这世界上。

我自己不免受人间一切翳蒙，我才爱白雪，而雪真能洗涤我心灵至于如雪冷洁，我还奢望着，奢望人间一切的事物和主持世界的人类，也能给雪以洗涤的机会，那么，我相信比用血来扑灭反叛的火焰还要有效！

一九二七年一月十四日雪夜

给 庐 隐

　　《灵海潮汐致梅姊》和《寄燕北诸故人》我都读过了，读过后感觉到你就是我自己，多少难以描画笔述的心境你都替我说了，我不能再说什么了。一个人感到别人是自己的时候，这是多么不易得的而值得欣慰的事，然而，庐隐，我已经得到了。假使我们的世界能这样常此空寂，冷寂中我们又这样彼此透彻地看见了自己，人世虽冷酷无情，我只愿恋这一点灵海深处的认识，不再希冀追求什么了。

　　在你这几封信中，我才得到了人间所谓的同情，这同情是极其圣洁纯真，并不是有所希冀有所猎获才施与的同情。二十余年来在人间受尽了畸零，忍痛含泪扎挣着，虽弄得遍体鳞伤、鲜血淋淋，仍紧嚼着牙齿作勉强的微笑！我希望在颠沛流离中求一星星同情和安慰以鼓舞我在这人世界战斗的勇气；然而得到的只是些冷讽热笑，每次都跌落在人心的冷森阴险中而饮泣！此后我禁受不住这无情的箭镞，才想逃避远离开这冷酷的世界和人类；因之我脱离了学校生活，踏入了世界的黑洞后，我往昔天真烂漫的童心，都改换成冷酷孤傲的性情。一年一年送去可爱的青春，一步一步陷落在满是荆棘的深洞，嘲笑讪讽包围了我，同情安慰远离着我，我才诅咒世界，厌恶人类，怨我的希望欺骗了自己。想不到遥远的海滨、扰攘的人群中，你寄来这深厚的安慰和同情，我是如何的欣喜啊！惊颤地揭起了心幕收容它，收容它在我心的深处；我怕它也许不久会消失或者飞去！这并不是我神经过敏，朋友！我也曾几度发现过这样的同情，结果不是赝鼎便是雪杯，不久便认识了真伪而消灭。这种同情便是我上边所说有所希冀猎获而施与的，自然我不能与人以希冀猎获时，同情安慰也是终于要遗弃我的。朋友！写到这里我不能再写下去了，你百战的勇士，也许曾经有过这样的创伤！

自从得到了你充满热诚和同情的信后，我每每在静寂的冷月寒林下徘徊，虽然我只看见是枯干的枝丫，但是也能看见它含苞的嫩芽，和春来时碧意迷漫的天地。我知所忏悔了，朋友！以后我不再因自己的失意而诅咒世界的得意，因为自己未曾得到而怨恨人间未曾有了；如今漠漠干枯的寒林，安知不是将来如云如盖的绿荫呢！人生是时时在追求扎挣中，虽明知是幻象虚影，然终于不能不前去追求，明知是深涧悬崖，然终于不能不勉强扎挣；你我是这样，许多众生也是这样，然而谁也不能逃此网罗以自救拔。大概也是因此吧！才有许多伟大反抗的志士英雄，在辗转颠沛中，演出些惊人心魂的悲剧，在一套陈古的历史上，滴着鲜明的血痕和泪迹。朋友！追求扎挣着向前去吧！我们生命之痕用我们的血泪画写在历史之一页上，我们弱小的灵魂，所滴沥下的血泪何尝不能惊人心魂，这惊人心魂的血泪之痕又何尝不能得到人类伟大的同情。命运是我们手中的泥，一切生命的铸塑也如手中的泥，朋友！我们怎样把我们自己铸塑呢？只在乎我们自己。

说得太乐观了，你要笑我吧？怕我们才是命运手中的泥呢！我也觉这许多年中只是命运铸塑了我，我何尝敢铸塑命运。真是梦呓，你也许要讥我是放荡不羁的天马了。其实我真愿做个奔逸如狂飙似的骏马，把我的生命都载在小小鞍上，去践踏翻这世界的地轴，去飞扬起这宇宙的尘沙，使整个世界在我的足下动摇，整个宇宙在我铁蹄下毁灭！然而朋友！我终于是不能真的做天马，大概也是因为我终于不是天马，每当我束装备鞍、驰驱赴敌时，总有人间的牵系束缚我，令我毁装长叹！至如今依然蜷伏槽下咀嚼这食厌了的草芥，依然整天回旋在这死城而不能走出一步；不知是环境制止我，还是自己的不长进，我终于是四年如一日地过去。朋友！你也许为我的抑郁而叹息，我不仅不能做一件痛快点不管毁灭不管建设的事业，怕连个直截了当极迅速极痛快的死也不能，唉！谁使我这样抑郁而生抑郁而死呢！是社会，还是我自己？我不能解答，怕你也不能解答吧！因之，我有许多事要告诉你，结果却只是默无一语，"多少事欲说还休"，所以我望着"征鸿过尽，万千心事难寄"。

我默无一语的，总是背着行囊，整天整夜地向前走，也不知何处是我的归处？是我走到的地方？只是每天从日升直到日落，走着，走着，无论怎样风雨疾病，艰险困难，未曾停息过；自然，也不允许我停息，假使我未走到我要去的地方，那永远停息之处。我每天每夜足迹踏过的地方，虽然都让尘沙掩埋，或者被别人的足踪踏乱已找不到痕迹，然而心中恍惚的追忆是和生命永存的，而我的生命之痕便是这些足迹。朋友！谁也是这样，想不到我们来到世界只是为了踏几个足印，我们留给世界的也是几个模糊零碎不可辨的足印。

我们如今是走着走着，同时还留心足底下践踏下的痕迹，欣慰因此，悲愁因此；假使我们如庸愚人们的走路，一直走去，遇见歧路不彷徨，逢见艰险不惊悸，过去了不回顾，踏下去不踟蹰；那我们一样也是浑浑噩噩从生到死，绝没有像我们这样容易动感，践了一只蚂蚁也会流泪的。朋友！太脆弱了，太聪明了，太顾忌了，太徘徊了，才使我们有今日，这也欣慰也悲凄的今日。

庐隐！我满贮着一腔有情的热血，我是愿意把冷酷无情的世界，浸在我热血中；知道终于无力时，才抱着这怆痛之心归来，经过几次后，不仅不能温暖了世界，连自己都冷凝了。我今年日记里有这样一段记述：

我只是在空寂中生活着，我一腔热血，四周环以泥泽的冰块，使我的心感到凄寒，感到无情。我的心哀哀地哭了！我为了寒冷之气候也病了。

这几天离开了纷扰的环境，独自睡在这静寂的斗室中，默望着窗外的积雪，忽然想到人生的究竟，我真不能解答，除了死。火炉中熊熊发光的火花，我看着它烧成一堆灰烬，它曾给予我的温热是和灰烬一样逝去；朝阳照上窗纱，我看着西沉到夜幕下，它曾给予我的光明是和落日一样逝去。人们呢，劳动着，奔忙着，从起来一直到睡下，由梦中醒来又入了梦中，由少年到老年，由生到死……人生的究竟不知是什么？我病了，病中觉得什么都令人起了怀疑。

青年人的养料唯一是爱，然而我第一便怀疑爱，我更讪笑人们口头笔尖那些诱人昏醉的麻剂。我都见过了，甜蜜，失恋，海誓山盟，生死同命；怀疑的结果，我觉得这一套都是骗，自然不仅骗别人连自己的灵魂也在内。宇宙一大骗局。或者也许是为了骗吧，人间才有一时的幸福和刹那的欣欢，而不是永久悲苦和悲惨！

我的心应该信仰什么呢？宇宙没有一件永久不变的东西。我只好求之于空寂。因为空寂是永久不变的，永久可以在幻望中安慰你自己的。

我是在空寂中生活着，我的心付给了空寂。庐隐！伫视在悲风惨日的新坟之旁，含泪仰视着碧澄的天空，即人人有此境，而人人未必有此心；然而朋友啊！我不是为了倚坟而空寂，我是为了空寂而倚坟；知此，即我心自可寓于不言中。我更相信只有空寂能给予我安慰和同情，和人生战斗的勇气！黄昏时候，新月初升，我常向残阳落处而挥泪！"望断斜阳人不见，满袖啼红。"这时凄怆悲绪，怕天涯只有君知！

北京落了三尺深的大雪，我喜欢极了，不论日晚地在雪里跑，雪里玩，连灵魂都涤洗得像雪一样清冷洁白了。朋友！假使你要在北京，不知将怎样的欣慰呢！当一座灰城化成了白玉宫殿水晶楼台的时候，一切都遮掩涤洗尽了的时候。到如今雪尚未消，真是冰天雪地，北地苦寒；尖利的朔风彻骨刺心一般吹到脸上时，我咽着泪在扎挣抖战。这几夜月色和雪光辉映着，美丽凄凉中我似乎可以得不少的安慰，似乎可以听见你的心音的哀唱。

间接地听人说你快来京了。我有点愁呢，不知去车站接你好呢，还是躲起来不见你好，我真的听见你来了我反而怕见你，怕见了你我那不堪描画的心境要向你面前粉碎！你呢， 天·天，一步一步走近了这灰城时，你心抖战吗？哀泣吗？

我不敢想下去了。好吧！我静等着见你。

一九二七年一月二十三日北京

痛 哭 和 珍

　　和珍！冷得我抖战，冷得我两腿都抖战！一只手擦着眼泪，一只手扶着被人踏伤的晶清，站在你灵前。抬起头，香烟缭绕中，你依然微笑地望着我们。

　　我永不能忘记你红面庞上深深的一双酒靥，也永不能忘记你模糊的血迹，心肺的洞穿！和珍，到底哪一个是你，是那微笑的遗影，是那遗影后黑漆的棺材！

　　惨淡庄严的礼堂，供满了鲜花，挂满了素联，这里面也充满了冷森，充满了凄伤，充满了同情，充满了激昂！多少不相识的朋友们都掬着眼泪，来到这里吊你，哭你！看那渗透了鲜血的血衣。

　　多少红绿的花圈，多少赞扬你哀伤你的挽联，这不是你遗给我们的，最令我们触目惊心的便是你的血尸，你的血衣！你的血虽然冷了，温暖了的是我们的热血，你的尸虽然僵了，铸坚了的是我们的铁志。

　　最懦弱最可怜的是这些只能流泪，而不敢流血的人们。此后一定有许多人踏向革命的途程，预备好了一切去轰击敌人！指示我们吧，和珍，我也愿将这残余的生命，追随你的英魂！

　　四围都是哀声，似乎有万斤重闸压着不能呼吸，烛光照着你的遗容，使渺小的我不敢抬起头来。和珍！谁都称你作烈士，谁都赞扬你死得光荣，然而我只痛恨，只伤心，这黑暗崎岖的旅途谁来导领？多少伟大的工程凭谁来完成？况且家中尚有未终养的老母，未成年的弱弟，等你培植，待你孝养。

不幸，这些愿望都毁灭在砰然一声的卫士手中！

当偕行社同学公祭你时，她们的哀号，更令我心碎！你怎忍便这样轻易撒手地离开了她们，在这虎威抖擞、豺狼得意的时候。自杨荫榆带军警入校，至章士钊雇老妈拖出，一直是同患难，同甘苦，同受惊恐，同遭摧残，同到宗帽胡同，同回石驸马大街。三月十八那天也是同去请愿，同在枪林弹雨中扎挣，同在血泊尸堆上逃命；然而她们都负伤生还，只有你，只有你是惨被屠杀！

她们跟着活泼微笑的你出校，她们迎着血迹模糊的你归来，她们怎能不痛哭战线上倒毙的勇士，她们怎能不痛哭战斗正殿中失去了首领！

一年来你们的毅力，你们的精神，你们的意志，一直是和恶势力奋斗抵抗，你们不仅和豺狼虎豹战，狗鼠虫豸战，还有绅士式的文妖作敌，贵族式的小姐忌恨。如今呢，可怜她们一方面要按着心灵的巨创，去吊死慰伤，一方面又恐慌着校长通缉，学校危险，似乎这艰难缔造的大厦，要快被敌人的铁骑蹂躏！

和珍！你一瞑目，一撒手，万事俱休。但是她们当这血迹未干，又准备流血的时候，能不为了你的惨死，瞻望前途的荆棘黑暗而自悲自伤吗？你们都是一条战线上的勇士，追悼你的、悲伤你的，谁能不回顾自己。

你看她们都哭倒在你灵前，她们是和你偕行去，偕行归来的朋友们，如今呢，她们是虎口余生的逃囚，而你便作了虎齿下的牺牲，此后你离开了她们永不能偕行。

和珍！我不愿意你想起我，我只是万千朋友中一个认识的朋友，然而我永远敬佩你做事的毅力和任劳任怨的精神，尤其是你那微笑中给予我的热力和温情。前一星期我去看晶清，楼梯上逢见你，你握住我手微笑着静默了几分钟，半天你问了一句"晶清在自治会你看见吗？"，便下楼去了。这印象至如今都很真的映在我脑海。第二次见你便是你的血尸，那血迹模糊、洞穿遍体的血尸！这次你不能微笑了，只怒目切齿地瞪视着我。

自从你血尸返校，我天天抽空去看你，看见你封棺、漆材和今天万人同哀的追悼会。今天在你灵前，站了一天，但是和珍，我不敢想到明天！

现在夜已深了，你的灵前大概也绿灯惨惨、阴气沉沉的，静寂无人，这是你的尸骸在女师大最后一夜的停留了，你安静地睡吧！不要再听了她们的哭声而伤心！明天她们送灵到善果寺时，我不去执绋了，我怕那悲凉的军乐，我怕那荒郊外的古刹，我更怕街市上、灰尘中，那些蠕动的东西。他们比什么都蠢，他们比什么都可怜，他们比什么都残忍，他们整个都充满了奴气。当你的棺材、你的血衣，经过他们面前，触入他们眼帘时，他们一面瞧着热闹，一面悄悄地低声咒骂你"活该"！他们说：

"本来女学生起什么哄，请什么愿，亡国有什么相干？"

虽然我们不要求人们的同情，不过这些寒心冷骨的话，我终于不敢听，不敢闻。自你死后，自这大屠杀闭幕后，我早已失丢了，吓跑了，自己终于不知道究竟去了哪里。

和珍！你明天出了校门走到石驸马大街时，你记得不要回头。假如回头，一定不忍离开你自己纤手铁肩、惨淡缔造的女师大；假如回头，一定不忍舍弃同患难、同甘苦的偕行诸友；假如回头，你更何忍看见你亲爱的方其道，他是万分懊丧，万分惆怅，低头洒泪在你的棺后随着！你一直向前去吧，披着你的散发，滴着你的鲜血，忍痛离开这充满残杀、充满恐怖、充满豺狼的人间吧！

沉默是最深的悲哀，此后你便赠给我永久的沉默。

我将等着，能偷生时我总等着，有一天黄土埋了你的黑棺，众人都离开你，忘记你，似乎一个火花爆裂，连最后的青烟都消灭了的时候，风暴雨夕，日落乌啼时，我独自来到你孤冢前慰问你黄泉下的寂寞。

和珍，梦！噩梦！想不到最短时期中，匆匆草草了结了你的一生！然而我们不幸的生存者，连这都不能得到，依然供豺狼虫豸的残杀，还不知死在何日？又有谁来痛哭凭吊齿残下的我们？

冷风一阵阵侵来，我倒卧在床上战栗！

三月二十五赴和珍追悼会归来之夜中写

墓 畔 哀 歌

一

我由冬的残梦里惊醒，春正吻着我的睡靥低吟！晨曦照上了窗纱，望见往日令我醺醉的朝霞，我想让丹彩的云流，再认认我当年的颜色。

披上那件绣着蛱蝶的衣裳，姗姗地走到尘网封锁的妆台旁。啊！明镜里照见我憔悴的枯颜，像一朵颤动在风雨中苍白凋零的梨花。

我爱，我原想追回那美丽的皎容，祭献在你碧草如茵的墓旁，谁知道青春的残蕾已和你一同殉葬。

二

假如我的眼泪真凝成一粒一粒珍珠，到如今我已替你缀织成绕你玉颈的围巾。

假如我的相思真化作一颗一颗的红豆，到如今我已替你堆集永久勿忘的爱心。

哀愁深埋在我心头。

我愿燃烧我的肉身化成灰烬，我愿放浪我的热情怒涛汹涌，天啊！这蛇似的蜿蜒，蚕似的缠绵，就这样悄悄地偷去了我生命的青焰。

我爱，我吻遍了你墓头青草在日落黄昏；我祷告，就是空幻的梦吧，也让我再见见你的英魂。

三

明知道人生的尽头便是死的故乡，我将来也是一座孤冢，衰草斜阳。有一天啊！我离开繁华的人寰，悄悄入葬，这悲艳的爱情一样是烟消云散，昙花一现，梦醒后飞落在心头的都是些残泪点点。

然而我不能把记忆毁灭，把埋我心墟上的残骸抛却，只求我能永久徘徊在这累累荒冢之间，为了看守你的墓茔，祭献那茉莉花环。

我爱，你知否我无言的忧衷，怀想着往日轻盈之梦。梦中我低低唤着你小名，醒来只是深夜长空有孤雁哀鸣！

四

黯淡的天幕下，没有明月也无星光这宇宙像数千年的古墓；皑皑白骨上，飞动闪映着惨绿的磷花。我匍匐哀泣于此残锈的铁栏之旁，愿烘我愤怒的心火，烧毁这黑暗丑恶的地狱之网。

命运的魔鬼有意捉弄我弱小的灵魂，罚我在冰雪寒天中，寻觅那凋零了的碎梦。求上帝饶恕我，不要再残害我这仅有的生命，剩得此残躯在，容我杀死那狞恶的敌人！

我爱，纵然宇宙变成烬余的战场，野烟都腥：在你给我的甜梦里，我心长系驻于虹桥之中，赞美永生！

五

我整天踟蹰于累累荒冢，看遍了春花秋月不同的风景，抛弃了一切名利虚荣，来到此无人烟的旷野，哀吟缓行。我登了高岭，向云天苍茫的西方招魂，在绚烂的彩霞里，望见了我沉落的希望之陨星。

远处是烟雾冲天的古城，火星似金箭向四方飞游！隐约地听见刀枪搏击之声，那狂热的欢呼令人震惊！在碧草萋萋的墓头，我举起了胜利的金觥，饮吧我爱，我奠祭你静寂无言的孤冢！

星月满天时，我把你遗我的宝剑纤手轻擎，宣誓向长空：愿此生永埋了英雄儿女的热情。

假如人生只是虚幻的梦影，那我这些可爱的映影，便是你赠予我的全生命。我常觉你在我身后的树林里，骑着马轻轻地走过去。常觉你停息在我的窗前，徘徊着等我的影消灯熄。常觉你随着我唤你的声音悄悄走近了我，又含泪退到了墙角。常觉你站在我低垂的雪帐外，哀哀地对月光而叹息！

在人海尘途中，偶然逢见个像你的人，我停步凝视后，这颗心啊！便如秋风横扫落叶般冷森凄零！我默思我已经得到爱的心，如今只是荒草夕阳下，一座静寂无语的孤冢。

我的心是深夜梦里、寒光闪灼的残月，我的情是青碧冷静、永不再流的湖水。残月照着你的墓碑，湖水环绕着你的坟，我爱，这是我的梦，也是你的梦，安息吧，敬爱的灵魂！

我自从混迹到尘世间，便忘却了我自己；在你的灵魂我才知是谁？

记得也是这样夜里。我们在河堤的柳丝中走过来，走过去。我们无语，心海的波浪也只有月儿能领会。你倚在树上望明月沉思，我枕在你胸前听你的呼吸。抬头看见黑翼飞来掩遮住月儿的清光，你抖战着问我：假如这苍黑的翼是我们的命运时，应该怎样？

我认识了欢乐，也随来了悲哀，接受了你的热情，同时也随来了冷酷的秋风。往日，我怕恶魔的眼睛凶，白牙如利刃；我总是藏伏在你的腋下趑趄不敢进，你一手执宝剑，一手扶着我践踏着荆棘的途径，投奔那如花的前程！

如今，这道上还留着你斑斑血痕，恶魔的眼睛和牙齿再是那样凶狠。但是我爱，你不要怕我孤零，我愿用这一纤细的弱玉腕，建设那如意的梦境。

八

春来了，催开桃蕾又飘到柳梢，这般温柔慵懒的天气真使人恼！她似乎躲在我眼底有意缭绕，一阵阵风翼，吹起了我灵海深处的波涛。

这世界已换上了装束，如少女般那样娇娆，她披拖着浅绿的轻纱，翩跹在她那（姹）紫嫣红中舞蹈。伫立于白杨下，我心如捣，强睁开模糊的泪眼，细认你墓头，萋萋芳草。

满腔辛酸与谁道？愿此恨吐向青空将天地包。它纠结围绕着我的心，像一堆枯黄的蔓草，我爱，我待你用宝剑来挥扫，我待你用火花来焚烧。

九

累累荒冢上，火光熊熊，纸灰缭绕，清明到了。这是碧草绿水的春郊。

墓畔有白发老翁，有红颜年少，向这一抔黄土致不尽的怀忆和哀悼，云天苍茫处我将魂招；白杨萧条，暮鸦声声，怕孤魂归路迢迢。

逝去了，欢乐的好梦，不能随墓草而复生，明朝此日，谁知天涯何处寄此身？叹漂泊我已如落花浮萍，且高歌，且痛饮，拼一醉烧熄此心头余情。

我爱，这一杯苦酒细细斟，邀残月与孤星和泪共饮，不管黄昏，不论夜深，醉卧在你墓碑傍，任霜露侵凌吧！我再不醒。

一九二七年清明陶然亭畔

沄 沁

灰城里入春以来，十天有九天是阴霾四布见不着太阳光，有时从云缝里露出半面，但不到一会儿又飘浮过一朵墨云来掩盖上了。本来多愁善感的我，在团花如锦、光华灿烂的天地中，我的心的周围已是环抱着阴霾重重，怎禁住这样天气又压迫在我忧郁的心头呢？

昨夜忽然晴了。点点疏星，弯弯明月，令我感到静默的幽光下，有万种难以叙述的心情纠结着。在院里望了望满天星月，我想到数月前往事，觉人生聚散离合，恍如一梦。这时幻想到你们时，你们一定都是沉醉在胜利的金觥里，或者也许卧在碧血沙场做着故园千里的归梦。夜寒了，我走到房里，由书架上，拿了一本小檀峦室闺秀词，在灯下读着，以解散我寂寞的心怀。

这时门铃响了，绿衣使者把你的信递到我案头来了，你想我是多么高兴、多么欣慰呢？

你念着白发无依的老母，和临行时才开未残的蜡梅；证明你漂泊中还忆到软红十丈的燕京，沄沁！

前三天我去看母亲，到了院里，母亲很喜欢地迎我进了房，一切陈设和你在时一样，只是蜡梅残了，案头新换上了红绣球和千叶莲。那些花是不认识你的，不属于你的，是母亲的。在她们嫣红微笑中，知道母亲已将忆念你的爱心分注一点在她们身上了，她们现在代你伴着寂寞的父亲，你该谢谢这些不相识的花草呢！你的床上现在不是空的，是一位田小姐住在那里，夜夜陪着母亲的。黄小姐是隔一两天就去一次，还有许多朋友们也常去。母亲那天告我时她像傲然的样子，我笑着道："这是伯母的福气，走了一个女儿，来了许多女儿。"她微笑着。我在这微笑中看出了母亲们慈爱之伟大和庄严。我想到了我故乡山城的母亲，她是没有你的母亲这样旷达的胸怀，也无这些可爱的女孩儿围绕着她。她看见的只是银须飘拂的老父，和些毫无情感的亲友们，像石像冰一样冷硬的人心侵凌着她，令她终身生活陷于愁病之中，而我又是这样忤逆，远离开她不能问暖嘘寒，后来和母亲谈了许多关乎你漂泊行踪的事，母亲很豪爽地评论现状，不带半点儿女缠绵之态，我心中暗暗佩服，自然因为有这样豪爽的母亲，才有你这样英武的女儿，我自愧不如。

虽然母亲是这样能自己扎挣，让你去投奔在战线上毫不恋恋。但是眉峰间隐约有些寂寞的皱纹，是为了忆念你新添的。

我和母亲谈着时，门环响了，一会儿女仆引进一位三十多岁的妇人，黄瘦憔悴中还保留着少年时的幽美丰韵；只是眼光神情中，满溢着无限的忧愁，令人乍看便知是个可怜人，伤心人。你猜是谁呢，原来是你中学的朋友——陈君。她来请母亲介绍她一个医生，医治她的肝气症。她说到了身体上的病症时，同时也告诉我们她精神上的痛苦。你是知道的，她结婚的一切经过都是她哥哥包揽，事前并未得她同意，更不必说到愿意不愿意了。结婚后数年还和好相安，共有子女六人，因为小孩多，她在四年前买了一个十四岁的丫头叫秋香，初来还听话做事也勤敏，慢慢就爱吃懒动，偷东西偷银钱，后来更坏得不堪，连老妈都雇不住，来一个好的，几天就被她引坏了。这一两年内更骄纵得不成样子，她的张老爷帮着秋香欺凌她，其初是骂，后来足拳交加慢慢也挨打了。家中的银钱都交给秋香去管，得罪了秋香时，比得罪了老爷还厉害。有一次秋香伴着三少爷玩，用卵子大的石头，击破了三少爷的鼻梁，血流了满脸，险一些打坏了眼睛。她忍不住了，叫来秋香骂了几句，秋香可受不了她的气，当时把被褥卷好放在大门口，等老爷回来她哭着向他说太太赶她走，老爷听见后亲自把大门口的被褥拿到下房里，向秋香赔礼。那夜她的张老爷又把她打骂了一顿，儿子脸上的血窟他连睬都不睬。她说，秋香现在是赶不走，她正托人给她张老爷找姨太太，她奢望有个好姨太太时，秋香或可让她走。当时陈君说着流下泪来！家庭像一座焦煎的油锅，她的丈夫便是狞恶的魔鬼，她不知这罪受到何时才完。因为有六个小孩子，她不忍舍弃了他们和她丈夫离婚，带上子女去呢，她丈夫也不肯，即是肯，她又如何能够养活了他们。这苦诉向谁呢？中国法律本来不是为女子定的，是为了保障男子的强暴兽行而规定的，她只有被宠幸的丫头欺凌她，被兽性冲动的丈夫践踏她至于忍气吞声忧愤成病，病深至于死，大概才会逃脱这火坑吧！沄沁，你是以改革一切旧社会制度和保障女权的运动者，你怎样能够救这位可怜的妇人。

我们不知道的沦陷于此种痛苦下的女人自然很多，因之我们不能不为她们去要求社会改革，和毁灭那些保障恶魔的铁栏而努力的我们不努力，她们更深落到十八层地狱下永不能再睹天日了。像这些强暴的男子也多极了，我不知他们怎样披着那张人皮，在光天化日之下鬼混？漱玉来信告我说，那位遗弃她和别人恋爱去的情人，现在又掉过头来，隔山渡海的，向她频送秋波，说许多"薄情也许是多情，害你也许是爱你"的话来引诱她，希望破镜重圆，再收覆水。你想玩一个娼妓，也不能这样随便由男人的爱憎，况且漱玉如今是努力于妇女解放运动的人。

　　漂泊的生活自然不是安适幸福的生活，你所说"见了多少未曾见到的事，受了多少未曾受过的苦"，这便是你求生的成绩了，你还追求什么呢？这值得向人骄傲的丰富经验和人生阅历，已由你眼底收集在你心海中了，如果有一日能闲散度着山林生活时，你把你的收获写出来，也许是一本纸贵洛阳的珍册吧！

　　夜将尽，天空有孤雁长唳的哀声，沄沁，我执笔向你致一个文学的敬礼吧！

　　　　　　　　　　　　　　　　　　　　　　一九二七年四月十三日

梦　　回

这已是午夜人静，我被隔房一阵痛楚的呻吟惊醒！睁开眼时，一盏罩着绿绸的电灯，低低地垂到我床前，闪映着白漆的几椅和镜台。绿绒的窗帏长长地拖到地上；窗台上摆着美人蕉，摆着梅花，摆着水仙，投进我鼻端的也辨不出是哪一种花香。墙壁的颜色我写不出，不是深绿，不是浅碧，像春水又像青天，表现出极深的沉静与幽暗。我环顾一周后，不禁哀哀地长叹一声！谁能想到呢！我今夜来到这陌生的室中，睡在这许多僵尸停息过的床上做这惊心的碎梦。谁能想到呢！

除了在暗中捉弄我的命运，和能执掌着生机之轮的神。

这时候门轻轻地推开了。进来一个黑衣罩着白坎肩戴着白高冠的女郎，在绿的灯光下照映出她娇嫩的面庞，尤其可爱的是一双黑而且深的眼；她轻盈婀娜地走到我床前。微笑着说："你醒了！"声音也和她的美丽一样好听！走近了，细看似乎像一个认识的朋友，后来才想到原来像去秋死了的婧姊。不知为什么我很喜欢她；当她把测验口温的表放在我嘴里时，我凝视着她，我是愿意在她依稀仿佛的面容上，认识我不能再见的婧姊呢！

"你还须静养不能多费思想的，今夜要好好地睡一夜：明天也许会好的，你不要焦急！"她的纤纤玉手按着我的右腕，斜着头说这几句话。我不知该怎样回答她，我只微笑地点点头。她将温度写在我床头的一个表上后，她把我的被又向上拉了拉，把汽炉上的水壶拿过来。她和来时一样又那么轻盈婀娜地去了。电灯依然低低地垂到我床前，窗帏依然长长地拖到地上，室中依然充满了沉静和幽暗。

她是谁呢？她不是我的母亲，不是我的姊妹，也不是我的亲戚和朋友，她是陌生的不相识的一个女人；然而她能温慰我服侍我一样她不相识的一个病人。当她走后我似乎惊醒地回忆时，我不知为何又感到一种过后的惆怅，我不幸做了她的伤羊。我合掌谢谢她的来临，我像个小白羊，离群倒卧在黄沙凄迷的荒场，她像月光下的牧羊女郎，抚慰着我的惊魂，吻照着我的创伤，使我由她洁白仁爱的光里，看见了我一切亲爱的人，忘记了我一切的创痛。

我哪能睡，我哪能睡，心海像狂飙吹拂一样的汹涌不宁；往事前尘，历历在我脑海中映演，我又跌落在过去的梦里沉思。心像焰焰迸射的火山，头上的冰囊也消融了。我按电铃，对面小床上的漱玉醒了，她下床来看我，我悄悄地拉她坐在我床边，我说："漱妹：你不要睡了，再有两夜你就离开我去了，好不好今夜我俩联床谈心？"漱玉半天也不说话，只不停地按电铃，我默默望着她娇小的背影咽泪！女仆给我换了冰囊后，漱玉又转到我床前去看我刚才的温度；在电灯下呆立了半晌，她才说："你病未脱险期，要好好静养，不能多费心思多说话，你忘记了刚才看护吩咐你的话吗？"她说话的声音已有点抖战，而且她的头低低地垂下，我不能再求了。好吧！任我们同在这一室中，为了病把我们分隔的咫尺天涯；临别了，还不能和她联床共话消此长夜，人间真有许多想不到梦不到的缺憾。我们预想要在今夜给漱玉饯最后的别宴，也许这时候正在辉煌的电灯下各抱一壶酒，和泪痛饮，在这凄楚悲壮的别宴上，沉痛着未来而醺醉。哪知这一切终于是幻梦，幻梦非实，终于是变，变异非常；谁料到凄哀的别宴，到时候又变出惊人的惨剧！

这间病房中两张铁床上，卧着一个负伤的我，卧着一个临行的她，我们彼此心里都怀有异样的沉思和悲哀：她是山穷水尽无路可通，还要扎挣着去投奔远道，在这冰天雪地、寒风凄紧时候；要践踏出一条道路，她不管上帝付给的是什么命运。我呢，原只想在尘海奔波中消磨我的岁月和青春，哪料到如今又做了十字街头，电车轮下，幸逃残生的负伤者！生和死一刹那间，我真愿晕厥后，再不醒来，因为我是不计较到何种程度才值得死，希望得什么泰山鸿毛一类的虚衔。假如死一定要和我握手，我虽不愿也不能拒绝，我们终日在十字街头往来奔波，活着出门的人，也许死了才抬着回来。这类意外的惨变，我们且不愿它来临，然而也毫无力量可以拒绝它来临。

我今天去学校时，自然料不到今夜睡在医院，而且负了这样沉重的伤。漱玉本是明晨便要离京赴津的，她哪能想到在她临行时候，我又遭遇了这样惊人心魂的惨劫？因之我卧在病床上深深地又感到了人生多变，多变之中固然悲惨凄哀，不过有时也能找到一种意想不及的收获。我似乎不怎样关怀我负伤的事，我只回想着自己烟云消散后的旧梦，沉恋着这惊魂乍定、恍非身历的新梦。

漱玉喂我喝了点牛奶后，她无语地又走到她床前去，我望着沉重的双肩长叹！她似乎觉着了。回头向我苦笑着说："为什么？"我也笑了，我说："不知道。"她坐在床上，翻看一本书。我知她零乱的心绪，大概她也是不能睡；然而她知我也是不愿意睡，所以她又假睡在床上希望着我静寂中能睡。她也许不知道我已厌弃睡，因为我已厌弃了梦，我不愿入梦，我是怕梦终于又要惊醒！

有时候我曾羡慕过病院生活，我常想有了病住几天医院，梦想着这一定是一个值得描写而别有兴感的环境；但是今夜听见了病人痛楚的呻吟，看见了白衣翩跹的看护、寂静阴惨的病室、凄哀暗淡的灯光时，我更觉得万分悲怆！深深地回忆到往日病院的遗痕和我心上的残迹，添了些此后离梦更遥的惆怅！而且愿我永远不再踏进这肠断心碎的地方。

心绪万端时，又想到母亲。母亲今夜的梦中，不知我是怎样入梦？母亲！我对你只好骗你，我哪能忍把这些可怕可惊的消息告诉你。为了她我才感谢上苍，今天能在车轮下逃生，剩得这一副残骸安慰我白发皤然的双亲。为了母亲我才珍视我的身体，虽然这一副腐蚀的残骸，不值爱怜；但是被母亲的爱润泽着的灵魂，应该随着母亲的灵魂而安息，这似乎是暗中的声音常在诏示着我。然而假使我今天真的血迹模糊模卧在车轨上时，我虽不忍抛弃我的双亲也不能。想到此我眼中流下感谢的泪来！

路既未走完，我也只好背起行囊再往前去，不管前途是荆棘是崎岖，披星戴月地向前去。想到这里我心才平静下，漱玉蜷伏在床上也许已经入了梦，我侧着身子也想睡去，但是脑部总是迸发出火星，令我不能冷静。

夜更静了，绿帏后似乎映着天空中一弯残月。我由病床上起来，轻轻地下了床，走到窗前把绿帏拉开，惨白的月光投射进来，我俯视月光照着的楼下，在一个圆形的小松环围的花圃里中央，立着一座大理石的雕像，似乎是一个俯着合掌的女神正在默祷着！这刹那间我心海由汹涌而归于枯寂，我抬头望着天上残月和疏星，低头我又看在凄寒冷静的月夜里，那一个没有性灵的石像；我痴倚在窗前沉思，想到天明后即撒手南下的漱玉，又想到从死神羽翼下逃回的残躯，我心中觉着辛酸万分，眼泪一滴一滴流到炎热的腮上。

我回到床前，月光正投射到漱玉的身上，窗帏仍开着，睁眼可以看见一弯银月和闪烁的繁星。

归　　来

　　四围山色中，一鞭残照里，我骑着驴儿归来了。

　　过了南天门的长山坡，远远望见翠绿丛中一带红墙，那就是孔子庙前我的家了，心中说不出是什么滋味，这又是一度浩劫后的重生呢；依稀在草香中我嗅着了血腥，在新冢里看见了战骨。我的家，真能如他们信中所说的那样平安吗？我有点儿不相信。

　　抬头已到了城门口，在驴背上忽然听见有人唤我的乳名。这声音和树上的蝉鸣夹杂着，我不知是谁，回过头来问跟着我的小童：

　　"珑珑！听谁叫我呢！你跑到前边看看。"

　　接着又是一声，这次听清楚了是父亲的声音；不过我还不曾看见他到底是在哪里喊我，驴儿过了城洞我望见一个新的炮垒，父亲穿着白的长袍，站在那土丘的高处，银须飘拂向我招手；我慌忙由驴背上下来，跑到父亲面前站定，心中觉着凄梗万分眼泪不知怎么那样快，我怕父亲看见难受，不敢抬起头来，也说不出什么话来。父亲用他的手抚摩着我的短发，心里感到异样的舒适与快愉。也许这是梦吧，上帝能给我们再见的机会。

　　沉默了一会儿，我才抬起头来，看父亲比别时老多了，面容还是那样慈祥，不过举动显得迟钝龙钟了。

　　我扶着他下了土坡，慢慢沿着柳林的大道，谈着路上的情形。我又问问家中长亲们的健康，有的死了，有的还健在，年年归来都是如此沧桑呢。

珑珑赶着驴儿向前去了，我和父亲缓步在黄昏山色中。

　　过了孔庙的红墙，望见我骑的驴儿挂在老槐树上，昆林正在帮着珑珑拿东西呢！她见我来了，把东西扔了就跑过来，喊了一声"梅姑"，似乎有点害羞，马上低了头，我握着她手一端详：这孩子出脱得更好看了，一头如墨云似的头发，衬着她如雪的脸儿，睫毛下一双大眼睛澄碧灵活，更显得她聪慧过人。这年龄，这环境，完全是十年前我的幻影，不知怎样联想起自己的前尘，悄悄在心底叹了一口气。

　　进了大门，母亲和一个不认识的女人坐在葡萄架下，嫂嫂正在洗手。她们看见我都喜欢得很。母亲介绍我那个人，原来是新娶的八婶。吃完饭，随便谈谈奉军春天攻破娘儿关的恐慌虚惊，母亲就让我上楼去休息。这几间楼房完全是我特备的，回来时母亲就收拾清楚，真是窗明几净，让我这匹跋涉千里疲惫万分的征马，在此卸鞍。走了时就封锁起来，她日夜望着它祷祝我平安归来。

　　每年走进这楼房时，纵然它是如何的风景依然，我总感到年年归来时的心情异昔。扶着石栏看紫光弥漫中的山城，天宁寺矗立的双塔，依稀望着我流浪的故人微笑！沐浴在这苍然暮色的天幕下时，一切扰攘奔波的梦都霍然醒了，忘掉我还是在这嚣杂的人寰。尤其令我感谢的是故乡能逃出野蛮万恶的奉军蹂躏，今日归来不仅天伦团聚而且家园依旧。

　　我看见一片翠挺披拂的玉米田，玉米田后是一畦畦的瓜田，瓜田尽头处是望不断的青山，青山的西面是烟火、人家、楼台城郭，背着一带黑森森的树林，树梢头飘游着逍遥的流云。静悄悄不见一点儿嘈杂的声音，只觉一阵阵凉风吹摩着鬓角衣袂，几只小鸟在白云下飞来飞去。

我羡慕流云的逍遥，我忌恨飞鸟的自由，宇宙是森罗万象的，但我的世界却是狭的笼呢！

追逐着，追逐着，我不能如愿满足的希望。来到这里又想那里，在那里又念着回到这里，我痛苦的，就是这不能宁静不能安定的灵魂。

正凝想着，昆林抱着黑猫上来了。这是母亲派来今夜陪我的侣伴。

临睡时，天暮上只有几点半明半暗的小星星。我太疲倦了，这夜不曾失眠，也不曾做梦。

灰　烬

我愿建我的希望在灰烬之上，然而我的希望依然要变成灰烬：灰烬是时时刻刻地寓在建设里面，但建设也时时刻刻化作灰烬。

我常对着一堆灰烬微笑，是庆祝我建设的成功，然而我也对着灰烬痛哭，是抱恨我的建设的成功终不免仍是灰烬。

一星火焰起了，围着多少惊怕颤战的人们，唯恐自己的建设化成灰烬；火焰熄了，人们都垂头丧气离开灰烬或者在灰烬上又用血去建筑起伟大的工程来！在他们欣欣然色喜的时候，灰烬已走进来，偷偷地走进来了！

这本来是平常的一件事，然而众人都拿它当作神妙的谜。我为了这真不能不对聪明的人们怀疑了！

谁都忍心自己骗自己，谁都是看不见自己的脸，而能很清楚地看别人的脸，不觉自己的面目可憎，常常觉着别人的面目是可憎。上帝虽然曾告诉人们有一面镜子，然而人们都藏起来，久之久之忘了用处，常常拿来照别人。

这是上帝的政策，羁系世界的绳索；谁都愿意骗自己，毫不觉得诚心诚意供献一切给骗自己的神。

我们只看见装潢美丽、幻变无常的舞台，然而我们都不愿去知道，复杂凌乱、真形毕露的后台：我们都看着喜怒聚合、乔装假扮的戏剧，然而我们都不过问下装闭幕后的是谁。不愿去知道，不愿去过问明知道是怕把谜猜穿。可笑人们都愿蒙上这一层自己骗自己的薄纱，永远不要猜透，直到死神接引的时候。

锦绣似的花园，是荒冢，是灰烬！美丽的姑娘，是腐尸，是枯骨！然而人们都徘徊在锦绣似的花园，包围着美丽的姑娘。荒冢和枯骨都化成灰烬了，沉恋灰烬的是谁呢？我在深夜点着萤火灯找了许久了，然而莫有逢到一个人。

谁都认荒冢枯骨是死了的表象，然而我觉着是生的开始，因此我将我最后的希望建在灰烬之上。

在这深夜里，人们都睡了，我一个人走到街上去游逛，这是专预备给我的世界吧！一个人影都莫有，一点声音都莫有，这时候统治宇宙的是我，静悄悄家家的门儿都关闭着，人们都在梦乡里呓语，睁着眼看这宇宙的只有我！我是拒绝在门外和梦乡的人，纵然我现在投到母亲的怀里，母亲肯解怀留我——不过母亲也要惊奇的，她的女儿为什么和一切的环境反抗，众人蠢动的时候，她却睡着；众人睡梦的时候，她却在街上观察宇宙，观察一切已经沉寂的东西呢？

其实这有什么惊奇啊！一样度人生，谁也是消磨这有尽的岁月，由建设直到灰烬；我何尝敢和环境反抗，为什么我要和它们颠倒呢？为了我的希望建在灰烬之上，而他们的希望却是建在坚固伟大的工程里。

我终日和人们笑；但有时我在人们面前流下泪来！这不过只是我的一种行为，环境逼我出此的一种行为。我的心绝对不跑到人间，尤其不会揭露在人们的面前。我的心是闪烁在烨光萤火之上，荒墟废墓之间；在那里你去低唤着我的心时，她总会答应你！而且她会告诉你不知道的那个世界里的世界。萤火便在我手里，然而追了她光华来找我的却莫有人。

我想杀人，然而人也想杀我；我想占住我的地盘，然而人也想占住我的地盘；我想推倒你，谁知你也正在要推倒我！翻开很厚的历史，展阅很广的地图，都是为了这些把戏。我站在睡了的地球上，看着地上的血迹和尸骸这样想。

一把火烧成了灰烬，灰烬上又建造起很伟大庄严美丽的工程来。火是烧不尽的，人也是杀不尽的，假如这就是物质不灭的时候。

人生便是互相仇杀残害，然而多半是为了扩大自己的爱，爱包括了一切，统治了一切；因之产生了活动的进行的战线，在每个人离开母怀的时候。这是经验告诉我的。

烦恼用铁锈压着我，同时又有欲望的花香引诱我，设下一道深阔的河，然而却造下航渡的船筏；朋友们，谁能逃逸出这安排好的网儿？蠢材！低着头负上你肩荷的东西，走这万里途程吧，一点一点走着，当你息肩叹气时，隐隐的深林里有美妙的歌声唤你；背后却有失望惆怅骑着快马追你！

朝霞照着你！晚虹也照着你！然而你一天一天走进墓门了。不是墓门，是你希望的万里途程，边缘途有高官厚禄娇妻美妾，名誉金钱幸福爱人。那里是个深远的幽谷，这端是生，那端便是死！这边是摇篮，那边便是棺材。

我看见许多人对我骄傲地笑，同时也看见许多人向我凄哀地哭；我分辨不出他们的脸来，然而我只知道他们是同我走着一条道的朋友。我曾命令他们说：

"俘虏！你跪在我裙下！"

然而有时他们也同样命令说：

"进来吧！女人，这是你自己的家。"

这样互相骗着，有时弄态作腔的，时哭时笑，其实都是这套把戏，得意的笑和失望的哭，本来是一个心的两面，距离并不遥远。

誓不两立的仇敌，戴上一个假面具时，马上可以握手言欢，做爱的朋友；爱的朋友，有时心里用箭用刀害你时，你却笑着忍受。看着别人杀头似乎是宰羊般有趣，当自己割破了指头流血时，心痛到全部的神经都颤战了！

我不知道为了犯人才有监狱，还是有了监狱才有犯人；但是聪明的人们，都愿意自己造了圈套自己环绕；有宁死也愿意坐在监狱里，而不愿焚毁了监狱逃跑的。

我良心常常在打骂我，因为我在小朋友面前曾骄傲我的宝藏，她们将小袋检开给我看时，我却将我的大袋挂在高枝上。我欺骗了自己，我不管她，人生本来是自骗；然而几次欺骗了人，觉得隐隐有鬼神在嘲笑我！而且深夜里常觉有重锤压在我心上。其实这是我太聪明了，一样的有许多人正在那里骗我，一样有许多人也挂着大袋骄傲我。

我在睡了的地球上，徘徊着，黑暗的夜静悄悄包围了我。在这时候，我的思想落在纸上。鸡鸣了！人都醒了，我面前有一堆灰烬。

母亲！寄给你，我一夜燃成的灰烬！

然而这灰烬上却建着我最后的希望！